S0-BXG-565

Illustration
plat verso :
Marc Tessier
encre sur papier
14 x 18,75 cm
1987

Illustration
plat recto :
Marc Tessier
encre sur papier
9,75 x 14 cm
1987

AVENTURES AU RESTOVITE

Collection
Romans

1. Jean-Louis Grosmaire, **Un clown en hiver**, 1988, 176 pages.
2. Paul Prud'Homme, **Aventures au Restovite**, 1988, 208 pages, série « Jeunesse », n° 1.

Collection « Romans », n° 2, série « Jeunesse », n° 1

PAUL PRUD'HOMME

AVENTURES AU RESTOVITE

ROMAN

DESSINS À L'ENCRE
PAR
MARC TESSIER

JM Les I

DIFFUSION

Pour tous les pays

Les Éditions du Vermillon
305, rue Saint-Patrick
Ottawa (Ontario)
KIN 5K4

Tél. : (613) 241-4032
Téléc. : (613) 241-3109

editver@magi.com

Distributeur au Canada

Prologue
1650, boulevard Lionel-Bertrand
Boisbriand (Québec)
J7H 1N7

Tél. : (1-800) 363-2864 (450) 434-0306
Téléc. : (1-800) 361-8088 (450) 434-2627

En Suisse

Albert le Grand S.A.
20, route de Beaumont
Case postale 1057
CH 1701 Fribourg
SUISSE

Tél. : 011 41 26 425 85 95
Téléc. : 011 41 26 425 85 90

diffusion@albert-le-grand.ch

ISBN 0-919925-31-6

Dépôt légal : 2e trimestre 1988
Bibliothèque nationale du Canada

DU MÊME AUTEUR

Vernissage de mes saisons. Poèmes. Livre de l'élève, collection *Paedagogus,* n° 2, Les Éditions du Vermillon, Ottawa, 1986, XIV/90 pages

Vernissage de mes saisons. Poèmes. Livre du maître, collection *Paedagogus,* n° 3, Les Éditions du Vermillon, Ottawa, 1986, XIV/90 pages

Vernissage de mes saisons. Poèmes, collection « Rameau de ciel », n° 1, Les Éditions du Vermillon, Ottawa, 1986, 48 pages

Les cahiers pédagogiques
du maître et de l'élève
sont disponibles chez l'éditeur

REMERCIEMENTS

L'auteur remercie très sincèrement Monsieur Gérald Samson, ainsi que le Conseil d'éducation des comtés de Stormont, Dundas et Glengarry, du précieux appui qu'ils lui ont apporté pour réaliser *Aventures au Restovite.*

À Guylaine, Christian et Joël

Chapitre premier

ÊTRE ENFIN BIEN HABILLÉE

— VA enlever ça tout de suite ! Je te l'ai dit cent fois, je ne veux pas que tu portes mes vêtements !

— Juste pour aujourd'hui, Gisèle. S'il te plaît ! J'en prendrai bien soin.

— Non ! va l'enlever tout de suite.

— Je n'ai rien à porter, moi. Toi, tu as une garde-robe pleine. Sois pas si égoïste !

— Maman ! Maman ! Dis à Guylaine d'enlever mon gilet. Elle n'a pas le droit de fouiller dans ma chambre.

— Voyons les enfants, pas si fort ! Baissez la voix et cessez de vous chicaner.

— Maman, supplie Guylaine, permets-moi de porter ce gilet. Il va bien avec mon blue-jean. Moi, je n'ai rien à porter à part des vêtements démodés. Je ne suis jamais comme les autres.

— Je travaille fort pour m'acheter de beaux vêtements. Je ne veux pas qu'elle les mette. La dernière fois qu'elle a porté mon pantalon beige, à la danse, elle l'a taché de Coke.

— Je vais faire attention, Gisèle, je te le promets.

— Non !

— Voyons. Essayez de vous accorder. Guylaine, n'as-tu pas une blouse rose qui t'irait bien ? Je l'ai lavée hier.

— Maman, j'aurais honte de la porter encore une fois. Ça fait trois fois que je la mets cette semaine. Tout le monde dans ma classe a de beaux vêtements, sauf moi. J'ai l'air d'une folle.

— Quand j'allais à l'école, je n'avais pas grand-chose non plus. Maintenant que je travaille chez Sofil, je peux m'en acheter. Travaille, toi aussi, et fais de même.

— Maman, vas-tu me l'acheter le gilet dont je te parlais l'autre jour ?

— Pauvre Guylaine, ton père est en chômage depuis six mois. On arrive à peine à manger et à payer l'hypothèque avec notre petit revenu.

— C'est toujours la même histoire ! Je n'aurai jamais ce que je veux. Je quitte l'école pour travailler !

Guylaine éclate en sanglots et s'enfuit dans sa chambre. Gisèle, demeurée avec sa mère, reste silencieuse, un peu prise de remords d'avoir été responsable d'une telle scène encore une fois.

— Gisèle, pour aujourd'hui, pourrais-tu lui prêter ton gilet ?

— Maman, elle m'abîme tout ! Tu te souviens de mon pantalon beige ? Je travaille dur pour ça, moi !

Elle s'arrête et se retourne pour cacher les larmes qui lui montent aux yeux et pour ne pas voir les yeux suppliants de sa mère.

— Je suis fière de toi, Gisèle. Tu travailles beaucoup et la pension que tu nous donnes aide énormément en ces temps difficiles que traverse la famille. J'aimerais bien lui acheter ce gilet qu'elle veut depuis si longtemps, mais...

Elle ne finit pas sa phrase. Toutefois, Gisèle sait bien que sa mère accomplit déjà des miracles avec leur maigre revenu et qu'elle a de la peine de ne pouvoir faire davantage pour Guylaine.

— O.K. d'abord! Qu'elle le porte mon gilet aujourd'hui. Mais, s'il me revient taché ou abîmé, c'est la dernière fois que je lui prête quelque chose.

— Merci Gisèle, t'es bonne!

La mère lui serre le bras d'un geste affectueux. Gisèle se retourne et s'éloigne, faisant semblant de ne pas s'être laissée attendrir pas sa mère.

Celle-ci se dirige vers la chambre de Guylaine pour lui annoncer la nouvelle. Sa fille de quinze ans est étendue sur son lit, la tête enfouie dans son oreiller. Elle pleure.

— Gisèle te prête son gilet pour aujourd'hui. Toutefois, fais-y attention. Tu sais que ta soeur est très méticuleuse et qu'elle veut ses vêtements impeccables. Ce soir, en arrivant, fais-moi penser de le laver et de le pendre dans sa garde-robe.

— ...

— T'as compris, Guylaine?

— Oui... Après l'école, je vais aller chercher un emploi à temps partiel; serais-tu d'accord?

— Si tu veux. Mais ne prends pas de décision sans m'en parler. Il ne faudrait pas que ton travail nuise à tes études. Tu réussis bien à l'école et je ne voudrais pas que tes notes baissent.

— Je t'en parlerai, oui.

— Maintenant, dépêche-toi sinon tu seras en retard à l'école.

Chapitre II

LA RECHERCHE

TOUTE la journée, à l'école, Guylaine est distraite. Elle veut bien mettre son plan à exécution, mais où commencer sa recherche d'un emploi ?

À la sonnerie, les élèves libérés s'engouffrent dans le corridor.

— Mich ! Mich ! attends-moi. Je veux te parler.

— T'as un beau gilet. Où l'as-tu acheté ?

— Je l'ai emprunté à ma sœur. Je suis fatiguée de quêter. Mich, ce soir, je vais me chercher un emploi. Viens-tu avec moi ?

— Tu quittes l'école ! Es-tu folle ?

— Non, non ! Juste un emploi à temps partiel après l'école et pendant les fins de semaine.

— Où ?

— Je ne sais pas ! Peut-être chez Sofil ou Eden. J'irai voir ce soir. Viens-tu ?

— J'ai promis à ma mère de passer l'aspirateur, mais je le ferai à mon retour. Tu connais ma mère, une maniaque de la propreté. L'autre jour, j'ai oublié de faire le ménage. Lorsqu'elle m'a demandé si je l'avais fait, j'ai dit oui et elle m'a félicitée, car c'était propre.

Les deux filles éclatent de rire.

— Vite, on va être en retard pour notre classe de français. Tu sais que Trudel ferme sa porte exactement trois minutes après la sonnerie. Un autre maniaque !

Les deux copines courent vers leur classe et foncent vers la porte qui allait se refermer.

Enfin sonne le timbre libérateur de trois heures trente.

— On va te chercher de l'emploi, que dis-je, la carrière, la profession de tes rêves ?

— Je ne sais plus, Mich. Un autre jour peut-être...

— Pourquoi pas maintenant ? C'est ce que tu m'as dit ce matin.

— J'ai peur, Mich, et je ne me sens pas bien.

— Voyons Guylaine ! C'est normal que tu te sentes un peu nerveuse, mais allons-y quand même. Lorsque les employeurs verront entrer deux filles aussi belles que nous, ils nous demanderont sans doute de devenir des mannequins « cover-girls » pour leur chaîne de magasins.

Elles pouffent de rire, ce qui détend Guylaine. Devant l'enthousiasme communicatif de Mich, elle se décide.

— Bon, j'y vais. Mais avant, passons nous peigner et retoucher notre maquillage.

Après dix minutes à se pomponner, les copines sortent de l'école et marchent jusqu'au centre commercial du centre-ville.

Nerveuses, elles entrent chez Eden.

Une vieille dame sèche les reçoit. Son air austère, semblable à celui de mademoiselle Kostach, directrice de leur école, n'a rien de rassurant. Micheline, si brave jusque là, demeure bouche cousue, tandis que Guylaine doit se présenter et demander l'emploi convoité. La dame la regarde fixement, puis ne pose qu'une question.

— Quel âge as-tu ?

— Quinze ans, madame.

— Mademoiselle, il faut avoir au moins seize ans pour faire une demande d'emploi ici. Revenez à ce moment-là.

Sans même lui laisser la réplique, elle retourne s'asseoir derrière sa machine à écrire et ignore les deux filles qui n'ont pas d'autre choix que de s'en aller.

Dehors, Guylaine fait la remarque :

— C'est charmant d'être servi de façon aussi courtoise, n'est-ce pas?

Penaudes, les filles se dirigent vers les magasins moins importants du centre commercial.

Même exigence partout : seize ans, seize ans ! Dépitée, Guylaine quitte le « mall » avec Micheline. Elle devra continuer à porter sa blouse rose trois fois par semaine et à quêter auprès de sa soeur les deux autres jours !

— Plusieurs filles de l'école travaillent chez Restovite : Debby, Diane, Lynn. Elles sont en dixième année comme nous, elles ne doivent donc pas toutes avoir seize ans, ajoute Mich.

— As-tu vu comment elles travaillent ces filles? Elles courent pour servir tout le monde.

— Oui, mais t'as remarqué comme Debby est toujours bien habillée?

Guylaine acquiesce d'un hochement de tête. C'est un argument solide que celui-là! Quel rêve pour Guylaine d'entrer à l'école chaque matin vêtue aussi chic que Debbie! Pour ça, Guylaine serait certainement prête à tenir le restaurant toute seule!

Guylaine et Mich parcourent la distance des cinq pâtés de maisons qui les séparent du Restovite. Avant d'entrer, les deux filles observent les employés. Elles les ont vus tant de fois travailler mais, pour la première fois, elles suivent vraiment chacun de leurs gestes.

— Ouais! cela a l'air assez compliqué. Les hamburgers, les frites, les desserts, les boissons gazeuses, la caisse et...

— Il est cinq heures, annonce Mich. C'est l'heure où il y a le plus de monde. Je suis déjà venue vers huit heures et c'est beaucoup moins achalandé.

Cette remarque ne parvient pas à enlever l'inquiétude de Guylaine.

— Allons à l'intérieur et demandons à Lynn si elle a seize ans.

Mich entre, suivie de Guylaine.

— Pstt... Lynn, fait Mich en invitant Lynn à venir leur parler à l'écart.

Dans son costume vert rayé de blanc, Lynn s'avance vers elles.

— Vite, j'ai beaucoup de clients qui attendent.

— Faut-il avoir seize ans pour travailler ici? demande Guylaine.

— Non. Non. Quinze. Veux-tu faire une demande?

— Peut-être...

— Vois Joël, le grand Jack, là-bas. C'est lui qui embauche. Il faut que je me sauve. Tchao!

— Merci.

Déjà retournée à sa caisse, Lynn vérifie le reste de la commande qu'elle doit préparer pour son client pressé.

— Penses-tu qu'on devrait revenir demain? dit Guylaine pas très rassurée.

— Bien non, viens.

— Et toi, pourquoi ne fais-tu pas une demande avec moi? Ça serait plaisant de travailler ensemble.

— Bien... je ne sais pas. Je n'y ai pas pensé.

Maintenant que Mich se voit incluse dans la décision, elle vient de perdre sa belle assurance.

— Joël, celui qui embauche, est jeune et beau... Pourquoi ne pas lui parler?

Puis, un sourire complice aux lèvres, Mich regarde Guylaine qui tarde un peu à se décider.

— En veux-tu de beaux vêtements ou non?

Le courage lui revient. Les deux filles s'avancent vers Joël et Mich, à nouveau, fait le premier pas.

— Monsieur, mon amie Guylaine et moi-même aimerions faire une demande d'emploi.

— Joël Marchand, dit-il gaillardement, tendant une main rendue un peu graisseuse par le travail de cuisine. Venez à mon bureau, nous serons plus libres pour parler.

Le trio se dirige vers l'arrière, descend l'escalier qui mène au sous-sol et pénètre dans un petit bureau.

— Assoyez-vous, mesdemoiselles.

Elles s'assoient de la façon la plus correcte possible, silencieuses comme des souris. Guylaine admire déjà ce beau grand garçon aux yeux d'un brun profond. Son épaisse chevelure, légèrement ondulée et d'un noir charbon, ajoute de l'élégance à sa taille imposante d'un bon mètre quatre-vingt-dix.

— Comme ça, vous aimeriez travailler ici? dit-il pour rompre le silence embarrassant.

— Oui, monsieur, toutes les deux, répond Mich toujours brave.

Guylaine s'aventure :

— Nous avons toutes deux quinze ans. Pouvons-nous faire une demande quand même?

— Bien sûr. C'est l'âge idéal pour débuter. La plupart des filles commencent ici à quinze ans. Bon, vous allez vous installer à mon bureau et remplir ces formulaires. Je reviendrai dans quelques instants. Il y a beaucoup de monde à l'heure de pointe. Le jeudi, jour de paye, les gens se sentent riches et en profitent pour venir acheter leur souper, car demain ils seront à nouveau pauvres.

Un rire sonore et joyeux éclate de sa bouche toujours souriante sous sa mince moustache noire en accent circonflexe.

Il revient cinq minutes plus tard.

— Tout est rempli?

— Oui monsieur, dit Mich. Je n'ai pas mon numéro d'assurance sociale avec moi, mais je vous l'apporterai demain en revenant de l'école.

— Ce sera parfait comme ça, acquiesce Joël.

Après coup, il pose les questions d'usage aux deux filles et répond à leurs questions. Elles semblent d'accord avec toutes les exigences et le salaire de quatre dollars l'heure. Enfin, il promet de les appeler d'ici trois semaines pour leur formation. Elles sont agréablement surprises d'entendre qu'elles seront payées durant cette période d'apprentissage.

Au moment où les deux nouvelles recrues vont partir, une jeune femme dans la vingtaine descend. Elle a l'air sévère et ne semble pas de bonne humeur.

— Joël, tu montes ? fait-elle d'un ton sec.

— Oui, Marcelle, tout de suite.

— Guylaine, Micheline, je vous présente Marcelle Martel. Elle est gérante. C'est elle qui s'occupera de votre formation.

Marcelle les regarde d'un air plutôt hautain qui signifie : « Pas d'autres recrues ! »

— Au revoir mademoiselle et monsieur. Nous attendrons votre appel.

— C'est ça, au revoir, dit-il de façon plus neutre maintenant que Marcelle le toise.

À la porte du restaurant, Guylaine remarque :

— Quel beau bébé ce Joël !

— Oui, as-tu vu ses yeux ? Je rêverai sûrement de lui ce soir.

— Mais Marcelle n'a pas l'air commode.

— Non, pas du tout. Elle me fait penser à la « Cameron ». Tu te souviens de la dictatrice qui nous enseignait l'histoire à l'école intermédiaire ?

— Si je m'en souviens ! Rien que d'en parler, j'en ai la chair de poule.

Parvenues au coin de la rue, les copines se séparent et Guylaine reprend sa bicyclette qu'elle avait laissée chez son amie.

— À demain, Mich.

— Je te téléphonerai vers huit heures.

— Entendu !

Tout en pédalant, Guylaine pense tout haut : « Trois heures et demie à quatre dollars l'heure, ça fait quatorze dollars. Dès mon premier quart, j'aurai gagné assez pour m'acheter des vêtements... » Son but premier est d'être enfin habillée de façon convenable.

Surtout depuis que, l'an passé, elle a commencé son secondaire, elle se sent toujours inférieure aux autres beaucoup mieux vêtus qu'elle. Ce malaise est devenu une hantise, une obsession, le sujet de tous ses malheurs...

Dans son sommeil, cette nuit-là, elle rêva d'un défilé de mode et c'était elle le mannequin en vedette qui présentait les dernières modes devant toute son école saisie d'admiration...

Chapitre III

L'APPRENTISSAGE

QUAND Guylaine arriva de ses cours, trois semaines plus tard, sa mère lui annonça qu'un monsieur Joël Marchand avait téléphoné.

— Demain, samedi, de une heure à quatre heures, tu commences ton apprentissage chez Restovite.

Guylaine ressentit comme un serrement à la poitrine. Son coeur battait au galop. Prise de joie, et presque de panique, elle ne savait si elle devait crier de bonheur ou pleurer.

Cette nuit-là, Guylaine dormit mal, rêvant qu'elle ne trouvait rien et ne pouvait marcher, car elle traînait d'immenses boules de fer attachées à ses chevilles. Incapable de dormir, elle se leva à six heures trente (une anomalie pour un samedi matin). Qu'elle fut longue cette attente jusqu'à une heure !

Elle se présenta au restaurant autant redouté que désiré. Diane et Lynn travaillaient.

— Bonjour Guy ! C'est ton premier quart ?

— Oui, fit-elle toute tremblante.

— Ne t'en fais pas, ça ira bien. Moi, j'étais nerveuse le premier jour et maintenant, je pourrais faire l'ouvrage les yeux fermés.

— Merci pour l'encouragement. J'en ai besoin.

Le peu d'assurance que Guylaine s'était donnée s'écroule lorsqu'elle voit s'approcher mademoiselle Martel.

— Suis-moi, commande celle-ci en se dirigeant vers le sous-sol.

Guylaine suit, timide. Toutefois, la première tâche lui plaît. Elle doit se choisir le costume et la petite casquette typique de tous les restaurants de la chaîne Restovite, vert, à fines rayures blanches. Guylaine a toujours aimé le chic des serveuses du Restovite et elle sera fière de porter la tenue. En plus, on fera inscrire son nom sur l'épinglette argentée.

Elle essaie le costume qui lui va à merveille. Guylaine est une très jolie fille aux cheveux châtains et aux yeux brun noisette. Sa taille mince lui confère un air de jeune

demoiselle distinguée. Un mètre soixante, elle paraît encore plus jeune et plus mignonne.

La tâche suivante est aussi très agréable. Il s'agit de regarder des vidéos sur l'organisation et la démarche efficace des restaurants Restovite.

« Regarder la télé et être payé, ça c'est chouette », pense Guylaine.

Mademoiselle Martel l'invite ensuite à faire le tour du restaurant et lui explique de son ton impersonnel la fonction de chaque employé. Tout semble fonctionner avec l'exactitude d'une montre suisse. Se rappellera-t-elle toutes ces instructions que lui débite comme un robot la gérante?

— Voici comment fonctionne l'appareil à milk shake, dit mademoiselle Martel en récitant par coeur les cinq points du manuel d'instruction. Maintenant, confectionnes-en un. C'est pour toi (récompense offerte aux nouveaux employés). Pas trop sûre d'elle-même, Guylaine pousse le bouton qui fait couler la crème glacée dans le verre. Soudain, la machine vibre, produit un bruit sourd puis tousse bruyamment. La crème glacée éclabousse tout ce qui se trouve dans un rayon de deux mètres ! Guylaine pousse un cri et s'éloigne, le visage couvert de crème glacée qui l'aveugle. Elle est bousculée et entend des voix autour d'elle. Mademoiselle Martel s'élance vers la machine pour l'arrêter. Guylaine se nettoie les yeux avec ses doigts, puis découvre un spectacle plutôt affreux. Tout est couvert d'un épais givre blanc... y compris mademoiselle Martel assise par terre dans une position peu glorieuse. Elle a glissé et s'est étendue dans le liquide blanc. Lynn arrête la machine défectueuse. Tous les employés sont accourus. Du premier au dernier, ils se tordent de rire. Même Joël rit, et il rit tellement qu'il ne parvient pas à aider mademoiselle Martel à se relever de cette neige glissante. Seule Guylaine, que ses dégâts terrifient, ouvre des yeux grands comme des hamburgers.

— Imbécile ! Imbécile ! Imbécile !

Voilà les seuls mots qui sortent de la bouche de la gérante, pendant que celle-ci se dirige vers le vestiaire. Joël rit encore, malgré ses efforts surhumains pour regagner son sérieux. Déjà, Lynn et Diane s'affairent à nettoyer tandis que Guylaine, escortée de Joël, toujours hilare, se dirige vers le vestiaire.

— Lave-toi, finit-il par dire au milieu des éclats de rire.

De grosses larmes coulent de ses yeux tellement il est saisi de spasmes incontrôlables. À le voir ainsi, Guylaine parvient à sourire à travers son masque.

Guylaine se nettoie du mieux qu'elle peut et s'enfuit chez elle sans même attendre le retour de son instructrice. Elle a peur de la rencontrer, étant donné l'humeur massacrante dans laquelle mademoiselle Martel se trouve.

À peine arrivée chez elle, le téléphone sonne. C'est Lynn.

— Guylaine, ne t'en fais pas. L'accident n'est pas de ta faute. Il y a quelque temps que la machine fonctionne mal. Le hasard a voulu qu'elle explose au moment où tu l'as touchée.

— Merci Lynn, à demain...

Ce furent les seuls mots que put répondre la malheureuse novice.

Chapitre IV

LE PARTY

Malgré son entrée pour le moins spectaculaire au Restovite, Guylaine s'adapta vite et devint une bonne employée. Micheline aussi commença à travailler, quelques jours après.

Dès ses premiers quarts de travail, Guylaine s'est rendue chez Vallers choisir un gilet et un blue-jean dont elle a envie depuis longtemps. N'ayant pas encore reçu sa première paye, elle les a réservés grâce au plan de mise de côté. Elle viendra les acheter plus tard. Enfin, son rêve d'être vêtue convenablement se réalise.

Ce vendredi-là, à l'école, la nouvelle d'un party chez Micheline se répand comme une traînée de poudre. Ses parents partent peu après le souper pour la fin de semaine. Mich en profite pour organiser une soirée de plaisir comme elle en a l'intention depuis longtemps. Sa mère a toujours refusé cette proposition sous prétexte qu'une horde d'adolescents abîmerait sa belle maison.

Le party aura lieu ce soir à huit heures. Mich s'inquiète du nombre toujours grandissant de ceux qui s'annoncent et spécifie :

— Pas de boissons alcooliques !

Et, pour éliminer certains indésirables, elle leur donne une mauvaise adresse...

Guylaine est tout enthousiasmée. Soudain, elle se souvient :

— Ah zut ! Je travaille ce soir jusqu'à neuf heures trente, s'exclame-t-elle.

— Fais-toi remplacer. Tu sais que c'est le règlement du restaurant. Tu peux t'absenter d'un quart qui t'a été assigné si tu trouves un remplaçant.

— J'y penserai, réplique Guylaine.

Elle pense à tous ces beaux vêtements neufs auxquels elle rêve depuis si longtemps. Non, elle ne peut se permettre de perdre un quart de douze dollars ! Il lui faut choisir entre le plaisir d'un party et celui d'être bien habillée.

« Après tout, je ne manquerai que la première heure et demie de la fête. J'irai après mon quart. » Elle se raisonne comme sa mère le fait, ce qui la porte à grimacer. Deviendrait-elle adulte ? Cette idée lui déplut...

Comme à l'accoutumée, plusieurs amis se rencontrent au Restovite avant le party. Dès sept heures trente, plus d'une quarantaine d'adolescents envahissent le restaurant. Quel brouhaha ! Tous sont excités et parlent fort, rient et se bousculent. Ils sont joviaux et prêts à toutes les bouffonneries en préparation de la soirée.

Soudain, l'attention est centrée sur le gros Dubois. Sa réputation d'ogre porte toujours ses compagnons à le défier à quelque exploit de goinfre. N'a-t-il pas mangé, lors du dernier party, toute une grosse pizza à lui seul ?

Ce soir, on lui a acheté un milk shake aux fraises et on le provoque à le boire d'un trait.

— Vas-y Woods (c'est son sobriquet) ! T'es capable ! Bats le record de quarante secondes du gros Georges, s'écrie Chink.

Il n'en faut pas plus à Woods pour relever le défi, surtout que c'est gratuit...

— Un, deux, trois, c'est parti !

Woods s'exécute. Il a enlevé le couvercle et la paille. Il boit et mange à pleine bouche l'épais milk shake glacé. Le fond est trop épais et ne sort pas assez vite. Il l'écrase de sa large main et avale presque d'un trait la crème glacée plus épaisse. Ensuite, il passe ses gros doigts dans le fond pour capter la confiture aux fraises et un peu de crème glacée qui y reste. Il ne sera pas dit que le champion a triché. Il gagnera honorablement et sans l'ombre d'un doute.

— Fini ! s'exclame Woods.

— Trente-six secondes s'écrie Chink, le doigt sur le bouton de son chronomètre. T'es le nouveau champion !

Tous crient. Soudain, le cri de joie se change en clameur de panique. Woods est tombé inconscient, les deux mains sur le front. On s'affaire autour de lui.

— Il est mort ! de crier Jacqueline.

— Bien non, répond Joël penché sur Woods qui, lentement, revient à lui. Il s'est gelé l'estomac en avalant toute cette crème glacée. Apportez-lui une boisson au chocolat chaud, on va lui faire fondre ça !

On assoit Woods, qui a les yeux hagards, sur la banquette. Christian, le clown du groupe, s'avance vers lui. Il s'est confectionné un déguisement avec des frites. Elles sortent de tous les côtés de sa casquette, lui donnant un air de bouffon à l'image de la mascotte de la chaîne. Il a aussi planté des frites dans ses oreilles, ses narines et une bonne douzaine lui sortent de la bouche. Ces dernières lui donnent un air si comique que tous éclatent d'un rire qui soulage après les émotions fortes provoquées par l'évanouissement du gros Dubois.

Un drôle s'approche de Christian et écrase un sachet de ketchup sur ses frites. Le ton est donné. Un autre l'asperge maintenant de vinaigre et une autre lui lance du sel. C'est à qui trouverait l'ultime assaisonnement. Al titube jusqu'à Christian et le baptise de quelques onces de whisky de son sempiternel flacon.

— Assez ! Espèce de mal élevés ! Regardez les dégâts que vous faites par terre ! Sortez d'ici bande de voyous !

C'est la voix puissante de Marcelle Martel, surnommée Marteau par les employés du restaurant. Elle est connue et redoutée à cause de son autorité toute militaire.

— Sortez ! sortez ! continue-t-elle à crier tout en les chassant.

Les voilà dans la cour du restaurant. Les premiers s'engouffrent dans les rares autos disponibles, les autres devront marcher. Jos arrive avec le « camion à vache » de son père.

Il vient de la campagne et le seul véhicule qu'il peut emprunter depuis qu'il a démoli la Buick de son père est le camion servant au transport des animaux à l'abattoir.

— Je m'en vais au party. Montez si vous le voulez. Il est propre. Avant de partir je l'ai lavé à grande eau avec le tuyau d'arrosage.

On hésite. Une lourde pluie s'abat soudainement. Ceci les convainc. Ils s'entassent dans la benne imprégnée d'une odeur très particulière. Chink entre le dernier et relève la lourde porte servant de rampe aux animaux. Il rit, ou est-ce un grognement? C'est un genre de hoquet puissant et rauque qui donne l'impression qu'il va s'étouffer, la bouche toute étirée du côté droit. Chink est considéré comme le bizarre de son école. Plusieurs rient de lui tout en admirant sa mémoire phénoménale et son habileté à manipuler les ordinateurs.

— Un instant, ne partez pas tout de suite s'écrie Julie. Je vais inviter Joël au party.

Elle entre dans le restaurant sous le regard en flamme de Marteau et se dirige timidement vers Joël qui s'apprête à laver le plancher.

— Joël, viens-tu au party après ton travail? demande-t-elle.

— Bien, je ne sais trop... j'aimerais...

Il ne finit pas sa phrase. Il regarde sa fiancée Marcelle qui, de toute évidence, n'est pas invitée.

— Joël me reconduit chez moi après son quart, n'est-ce pas? D'un sourire forcé, elle le regarde, signifiant : « Je te défends d'y aller! »

— Oui, j'avais oublié, chérie.

— À l'intention de Julie, il ajoute :

— Je ne pourrai y aller ce soir. Merci de ton invitation.

Julie jette un regard de mépris sur Marteau et retourne au camion qui démarre parmi les pétarades et les cris excités de sa cargaison humaine.

Tout est maintenant d'un calme plat au restaurant. Seuls entrent quelques adultes trempés. Guylaine, derrière le comptoir, les sert avec peu d'entrain. Si son corps est au travail, sa tête est au party de Mich. Que le temps lui semble long!

À vingt et une heures trente, Guylaine se précipite vers le vestiaire pour se changer. Lorsqu'elle remonte au rez-de-chaussée, elle est stupéfaite par le spectacle. Une pluie drue danse sur le pavé. Inutile de sortir, elle serait complètement trempée en quelques secondes.

— Zut, voilà ma chance! dit-elle à Joël. Comment vais-je me rendre chez Mich maintenant? Et je n'ai pas un cent pour un taxi non plus!

Joël regarde autour de lui, fureteur, et répond :

— Marcelle prend sa pause en bas. Je cours chercher mon auto. Je reviendrai avant qu'elle ne s'aperçoive de mon départ.

Ce disant, il a pris un air de connivence. Avant même qu'elle ait pu protester, il court dans la pluie et arrête son vieux tacot vert le plus près possible de la porte. Guylaine se précipite dans la voiture par la portière ouverte.

L'auto démarre et file vers le domicile de Mich.

— Merci beaucoup, Joël ! Ce n'était vraiment pas nécessaire.

— C'est un plaisir de faire ça pour toi.

Guylaine se sent un peu timide avec Joël. À plusieurs reprises elle s'est aperçue qu'il la suivait des yeux depuis son entrée en fonction au restaurant. Elle n'y a pas trop pensé dans l'énervement de l'apprentissage du début.

— Voilà, nous y sommes, dit Joël devant la maison de Mich.

À en juger par le bruit, les cris et la musique endiablée, on s'amuse ferme là-dedans.

— Merci Joël. À demain ! crie Guylaine qui court dans la pluie battante jusqu'à la porte entrouverte où l'attend Diane, un cola à la main.

Quel party ! Il y a des personnes d'un mur à l'autre... partout ! De peine et de misère, Guylaine se fraie un chemin jusqu'au sous-sol d'où provient ce flot de musique rock. Là, on danse, on chante, on crie à tue-tête afin de s'entendre. La musique s'arrête et ceux qui parlaient sont surpris du volume si élevé de leurs voix dans ce silence subit.

— Bonsoir Guylaine !

C'est Christian qui s'élance vers elle, bras ouverts. Un abat-jour lui sert de chapeau.

Guylaine est surprise de constater que la plupart des garçons et même quelques filles boivent de la bière. Elle dit à Mich :

— Je croyais que tu avais dit « pas d'alcool ».

— Al et Gerry sont arrivés avec trois caisses de bière et, avant que je m'en aperçoive, tout le monde buvait. Que voulais-tu que je fasse ?

Pauvre Mich, elle ne paraît pas s'amuser à son party. Au contraire, elle est plus près d'une crise de nerfs que de l'insouciance. Elle

a sur les bras cinq fois plus de personnes qu'elle en a invitées et même plusieurs qu'elle ne connaît pas. Des amis de ses amis... Et, quelle saleté ! Des chips écrasés sur le plancher, les meubles déplacés et la salle de bains souillée. Dehors, des motos sont garées sur la pelouse détrempée, des autos encombrent l'entrée et obstruent même celles des voisins, enfin, un désordre bien caractéristique d'une bonne soirée de plaisir.

À onze heures, puis à minuit, certains fêtards sont partis. De toute évidence, ils ont reçu de leurs parents une consigne précise pour le retour à la maison. Ils obéissent sous peine d'être condamnés à rester chez eux la fin de semaine prochaine.

On commence enfin à voir les murs de la maison, et le plancher aussi, malheureusement. À cause de la pluie, tous sont entrés les pieds trempés et ont sali le prélart de la cuisine.

Al, passablement ivre, en est à son deuxième flacon de whisky en plus de la bière qu'il a consommée. Lui et quelques autres de sa trempe sont bien installés dans le salon, les pieds sur la table basse en chêne massif qui fait l'orgueil de madame Lamirande. Lorsque Micheline les voit ainsi, elle en a le souffle coupé. Et la belle moquette bleu pâle toute jonchée de bouteilles de bière vides ! Si sa mère voyait ça...

Al vient de vider sa bouteille et ne se sent guère mieux qu'il n'en a l'air, vert ! Il se lève en s'appuyant au mur puis soudain...

— Ah non ! crie Micheline d'un ton si désespéré que tous accourent.

Ah oui ! Al a été malade sur le beau tapis bleu...

Micheline, désolée, s'enfuit dans la salle de bains tandis que tous, écœurés, s'en vont à la cuisine. Al, lui, soulagé, se dirige vers l'extérieur.

C'est la fin du party. Les derniers invités s'en vont un peu penauds. Ils laissent Micheline et Guylaine avec la tâche de remettre la maison en ordre.

C'est depuis ce party qu'Al a reçu le sobriquet de « Chunky »...

Chapitre V

BOUBOULE EN VEDETTE

C'EST le téléphone qui réveille Guylaine vers midi le lendemain.

— Guylaine, viens-tu au cinéma avec nous ce soir ? demande Lynn.

À moitié endormie, Guylaine prend quelques instants pour se retremper dans la réalité. Ah oui ! hier soir... ou plutôt ce matin, à six heures, elle est revenue de chez Micheline. Les deux amies ont fait le ménage toute la nuit. Elles ont ramassé les bouteilles de bière et de cola, passé l'aspirateur, lavé le plancher, nettoyé la salle de bains et la jolie moquette du salon... Quelle corvée ! Et lorsque le soleil s'est levé, les deux filles ont dû nettoyer la cour de ses bouteilles, de ses papiers et de ses mégots. Elles ont même tenté de réparer la pelouse déchirée par une moto partie un peu vite... Enfin, lorsque la maison a paru presque normale, Guylaine est revenue chez elle se coucher. Jamais elle n'est restée à un party aussi tard pour si peu de plaisir.

— Guylaine, tu es bien là? demande Lynn à nouveau.

— Oui, oui. Excuse-moi, mais je viens de me lever et je suis pas mal endormie.

— Viens-tu au cinéma ce soir?

— Je ne sais pas, je me sens vraiment lasse.

— Tu ne veux pas voir *Purple Rain* avec Prince en vedette?

— Tu veux dire qu'on joue *Purple Rain* ici ce soir! s'exclame Guylaine soudainement tout à fait réveillée.

— Oui, au Roxy.

— Bien sûr que j'irai. Depuis le temps que je désire le voir, je ne vais pas le manquer!

— Bon, on se rencontre au restaurant vers les sept heures pour aller à la première représentation de sept heures et demie.

— J'y serai sans faute. Qui vient avec nous?

— La gang et Bouboule.

— Bouboule?

— Oui, Mich l'a invitée car elle a eu la bonté de la remplacer pour son quart hier soir.

— Eh bien ! ça c'est nouveau ; la grosse Bouboule avec nous. Elle n'est pas bien populaire, mais c'est une excellente fille au fond.

— À ce soir. Ça fait trois fois que maman m'appelle pour dîner. Salut !

— Au revoir.

Guylaine est déjà toute réveillée et pleine d'enthousiasme à l'idée de voir un film de son idole.

Dès sept heures, les amis s'attroupent au Restovite. Selon la coutume, on partira ensuite tous ensemble pour aller à pied jusqu'au Roxy, soit vingt minutes de marche.

Presque tous sont là : Guylaine, Mich, Christian, Johnny, Tit-Lou, Diane, Sylvie, Lynn et Woods (qui se tient loin des milk shakes ce soir).

— Qu'attendons-nous pour partir ! s'exclame Christian, toujours boute-en-train.

— On attend Bouboule, répond Mich.

— Bouboule ! Bouboule vient avec nous !

— Oui. Je l'ai invitée. Elle a été assez gentille pour travailler hier soir afin de me remplacer.

— Chunky n'est pas ici ce soir, observe Christian, narquois.

À la grimace de Mich, personne ne répond et on croit bon de ne pas en dire davantage.

— Que fait-elle ! Nous allons être en retard si nous ne partons pas bientôt, rechigne Tit-Lou, toujours nerveux.

— Si elle n'est pas ici dans cinq minutes, nous partirons sans elle.

Soudain, on entend par le micro du service au volant un rire bien familier.

— Nous arrivons, et en grand seigneur. Le rire cacophonique de Chink résonne de nouveau. On jurerait une défectuosité du micro pour transmettre un son aussi désagréable.

— Qui est « nous » ? demande Estelle, la préposée.

— Moi, Laurette, accompagnée d'Alcide, crie Bouboule. Excusez mon retard, mais j'ai l'auto de papa. Vous pouvez monter.

À ces mots, l'auto s'avance devant la large vitrine du restaurant. Une clameur d'admiration s'échappe du groupe devant l'immense Cadillac noire que conduit Chink, solennel comme un pape. Tous sortent en trombe observer de plus près.

— Où as-tu volé ça? fait Christian.

— C'est l'auto de mon père. Montez si vous ne voulez pas être en retard.

Guylaine compte puis fait remarquer :

— Nous sommes neuf en plus de vous deux...

— Ça ne fait rien, entrez, invite Bouboule.

Deux autres s'entassent à l'avant aux côtés de Bouboule et du chauffeur, Chink. Six s'entassent à l'arrière serrés comme des sardines. Woods regarde et fait un signe désespéré :

— Pas de place pour moi!

Chink a un éclair de génie. D'un geste, il presse un bouton et le coffre arrière s'ouvre.

— Entre dans le coffre, il est très grand.

— Tiens la porte presque fermée. Je ne veux pas me faire arrêter par la police.

Tous rigolent et parlent à tue-tête, tandis que la Cadillac démarre. Chink, tout heureux d'être en vedette, conduit avec un sérieux qu'on ne lui connaît pas. Pour sa part, Bouboule se délecte en silence de faire partie du groupe pour la première fois.

Après à peine deux pâtés de maisons, on entend une sirène. Un malaise envahit le groupe.

— Mais je n'ai pas fait de vitesse, remarque Chink tout alarmé.

Déjà, la Cadillac s'immobilise sur le côté de la route et un agent de police s'avance vers le chauffeur.

Poliment Chink dit :

— Bonsoir monsieur le gendarme. Quelle belle soirée, n'est-ce pas ?

Sèchement le policier répond :

— Votre coffre arrière n'est pas bien fermé.

— Ah ! je ne le savais pas, reprend Chink.

Il sort de façon aussi calme que possible bien que ses jambes soient molles comme de la laine. Arrivé à l'arrière de la voiture, il presse d'un coup sec sur le coffre qui se referme avec un déclic.

— Merci monsieur l'agent (qui n'a rien vu), dit Chink d'une politesse affectée.

— Combien êtes-vous sur la banquette avant ?

— Quatre, monsieur l'agent.

— La loi n'en permet que trois.

— Je ne le savais pas, ajoute Chink avec franchise cette fois.

Sans autre discussion, Chink commande :

— Tit-Lou, tu es le plus petit, va t'asseoir à l'arrière.

Sans rechigner, il s'exécute à l'instant même. Sylvie s'assoit sur les genoux de Johnny et Louis se trouve assez d'espace pour entrer et refermer la large portière.

L'agent de police sort son carnet à contraventions et demande de voir le permis de conduire de Chink.

À ce moment, Bouboule intervient :

— Bonsoir monsieur l'agent Lortie. Comment allez-vous ce soir?

L'agent se penche pour voir qui l'interpelle par son nom. Lorsqu'il reconnait Laurette, son attitude cavalière tombe et il réplique fort civilement :

— Bonsoir mademoiselle. N'est-ce pas la Cadillac de votre père, monsieur le juge Larivière?

— Oui. Papa me l'a prêtée ce soir pour aller au cinéma avec mes amis, surtout que je les invite chez moi après le film.

— Eh bien! Allez-y et beaucoup de plaisir à tous. Salue ton père pour moi.

— Je n'y manquerai pas.

À ces mots, le policier referme son calepin et retourne à son auto patrouille.

Chink démarre.

— Oh là là ! fait le groupe en admiration devant l'autorité de Bouboule.

Après ces émotions fortes, tous se mettent à parler en même temps.

— On est arrivé, déclare Chink qui s'arrête devant le cinéma. Sortez, je vais garer l'auto, dit-il avec une telle solennité que les rires éclatent, et c'est le rire épouvantable de Chink qui les enterre.

Ils entrent au cinéma les bras remplis de friandises et de colas, au moment où le film commence. Le groupe joyeux parle et rit et s'installe dans la même rangée de fauteuils.

— Woods ! Woods ! s'exclame Johnny; on a oublié Woods dans le coffre de la voiture.

— C'est bien vrai, font des voix.

— Je vais le chercher, dit Chink, responsable de l'auto.

Tous rient et commentent cet oubli.

L'entrée de Woods au cinéma, quelques instants plus tard, est saluée de nouveaux rires, à l'exception de la victime.

— Espèce de crétins ! se contente-t-il de leur lancer.

Le gros Dubois s'écrase dans son fauteuil, les deux pieds sur le dossier de velours rouge du fauteuil devant lui. Bientôt la lumière d'une lampe de poche l'éclaire et l'ouvreuse lui demande de descendre ses pieds. Chink, amusé par ce geste, fait résonner son rire caverneux au grand déplaisir des adultes présents.

Mich et Guylaine, derrière des adultes, décident de changer de place puisque leur petite taille les empêche de voir. On se lève pour laisser passer. Guylaine heurte du pied une boîte de « pop-corn » qui vole, répandant son contenu.

— Mon « pop-corn » s'écrie Diane, toute déçue.

— Excuse-moi, je ne l'avais pas vu.

— Voulez-vous vous taire, espèce de voyous ! crie un homme irrité.

Le gros Woods se lève, les deux mains sur les hanches, pour voir qui a dit ça... et le calme se rétablit...

Guylaine et Mich ont maintenant le fou rire. Les spectateurs sont agacés du vacarme où dominent les petits hoquets rythmiques.

Lorsque Prince, l'idole du film, chante sa première chanson, le silence se fait dans le groupe.

Quelqu'un entre et vient s'asseoir auprès de Guylaine qui n'y porte pas attention tellement elle est envoûtée par le charme. Lorsqu'elle sent une main lui toucher le cou, elle laisse s'échapper un petit cri de surprise.

— Ah ! bonsoir Joël. Je ne savais pas que tu venais.

— Marcelle travaille. Quand j'ai su que vous étiez au cinéma, j'ai bien pensé que vous viendriez voir « Purple Rain ».

Au moment où le film en arrive à une section plus romantique, Joël, d'un geste inaperçu des autres, emprisonne la main de Guylaine dans la sienne. Elle s'apprête à la retirer, puis se ravise.

Survient alors un épisode drôle dans le film, et Chink prend la vedette avec son rire unique. Il s'emporte avec une telle cadence, avec une telle puissance que les spectateurs se mettent à rire à leur tour. Tellement absorbé dans son plaisir, Chink ne s'aperçoit même pas qu'on rit de lui et, emporté par le rire communicatif, s'esclaffe avec encore plus d'ardeur.

Le film tire à sa fin. Dès que le générique apparaît sur l'écran, les jeunes se ruent vers la sortie comme si le feu avait éclaté. Ils se dirigent vers la Cadillac qui est facile à repérer parmi les voitures.

— Fini le coffre pour moi, se hâte de faire remarquer Woods. Quelqu'un d'autre peut s'asseoir là-dedans !

— Je peux en prendre quelques-uns dans mon auto, invite Joël.

Son regard a déjà fait comprendre à Guylaine qu'elle est la première invitée.

C'est alors le moment des grandes décisions. Qui va dans quelle voiture ? Sylvie s'est dirigée vers la Cadillac mais, voyant Guylaine et Mich aller vers l'auto de Joël, elle change d'idée. Lynn avait suivi Mich et, lorsqu'elle voit Diane se diriger vers la Cadillac, elle rebrousse chemin. Elle est indécise pourtant puisque Johnny, qu'elle admire, semble vouloir monter dans la Cadillac. Quels jeux compliqués ! Après cinq minutes de pourparlers, Chink se fâche et crie à tue-tête :

— Moi je pars. Décidez avec qui vous montez, ou marchez !

En un éclair, on s'engouffre dans l'auto la plus proche !

On entend le tintamarre de l'auto (ou plutôt du char d'assaut) de Joël et le rire presque identique de Chink.

Soudain, la Cadillac s'arrête ; Bouboule en sort et court vers l'autre voiture pour annoncer :

— Vous êtes tous invités chez moi, au 311 rue River Park.

Quelle veine ! être invité chez monsieur le juge Larivière. Sans hésitation, on s'achemine vers la section cossue de la ville. Même si les maisons sont princières, une fois dans l'allée du domicile Larivière, tous s'exclament d'admiration en apercevant le château. Six immenses colonnes de style corinthien aux chapitaux ornés de feuilles d'acanthe impressionnent les invités de Bouboule.

— On se croirait à Rome, remarque Woods, estomaqué, lui qui vit dans un taudis.

— Mon père a toujours été fasciné par la culture grecque. Après son voyage là-bas, il a fait bâtir cette maison.

— Tu veux dire ce château, corrige Sylvie.

— Entrez, entrez ! Maman et papa seront contents de vous connaître. Je leur parle souvent de vous.

Laurette n'aime pas jouer à la vedette mais se sent tout de même valorisée de présenter ses amis à ses parents.

Après avoir visité la maison (sur les instances du groupe), la bande joyeuse s'installe dehors sur le spacieux patio qui entoure la piscine, parmi les plantes rares, sous la garde d'une douzaine de statues en marbre véritable. Personne ne manque de commenter le jet puissant de l'urne que porte sous son bras une déesse à l'extrémité de la piscine. Après un tour de jardin pour contempler cette architecture raffinée, on s'installe dans les fauteuils de peluche dorée.

Voilà que la bonne sort en poussant un chariot d'osier rempli de douzaines de verres décorés à l'hawaiienne. Un second chariot apporte des hors-d'oeuvre de fruits de mer.

— C'est presque trop beau pour les manger.

Mais la tentation fait céder Woods qui, le premier, surcharge son assiette de ces petites merveilles. L'admiration est à son comble lorsque, de la bouche de chaque statue, s'échappe en stéréo la musique thème du film « Purple Rain ».

— Hé ! Toi tu as de la classe, lance Guylaine à Laurette qui rougit de satisfaction.

Chapitre VI

AMOUR ET PLATE-BANDE

DEPUIS trois jours, Guylaine pense souvent à Joël qui lui a tenu la main au cinéma. Il se montre très galant envers Guylaine. N'a-t-elle pas surpris à maintes occasions son regard intéressé? Mais elle a remarqué aussi les regards foudroyants de Marcelle Martel, la fiancée de Joël, qui se doute que Guylaine pourrait devenir sa rivale.

Jeudi! Enfin la première paye. Guylaine se rend au bureau du restaurant afin de la toucher. Joël reçoit Guylaine, le sourire chargé d'affection, et se met à lui parler. Inquiet de l'arrivée possible de Marcelle, il a refermé la porte.

— Je suis venue pour ma paye, dit Guylaine un peu embarrassée.

— La voici, dit-il en lui tendant un chèque, puis il l'entoure de ses grands bras musclés et la regarde droit dans les yeux. Guylaine le regarde, la tête renversée vers l'arrière, en raison de la taille de Joël.

— Je te trouve bien à mon goût, Guylaine. J'irai te voir, chez toi, samedi soir. Marcelle travaille et je serai libre...

Soudain, on frappe à la porte.

Le couple ainsi surpris se sépare et Joël tout rouge ouvre la porte à Marcelle qui le dévisage, puis toise Guylaine, qui se voudrait à cent milles de là. Pour sortir de cette situation gênante, Joël s'adresse à Guylaine.

— Voilà, c'est ton premier chèque. Ne le dépense pas tout au même endroit et surtout ne pars pas pour la Floride.

— Soyez sans crainte, monsieur Marchand, répond Guylaine avec un décorum exagéré.

— Nous avons un problème avec l'une des plaques chauffantes, monsieur Marchand. Voulez-vous monter y voir tout de suite?

Le ton de sa question et le vouvoiement ironique n'ont rien d'équivoque. C'est vraiment un ordre.

— Bonjour, mademoiselle Martel.

— Bonjour.

Cette salutation sèche ne présage rien de bon pour la jeune rivale.

Parvenue à l'extérieur, Guylaine examine son chèque. Douze heures de travail à quatre dollars l'heure, moins 3,85 dollars de déductions, cela fait 44,15 dollars. Jamais elle n'a eu une telle somme toute à elle ! Soudain, son visage s'assombrit. Le gilet et le blue-jean qu'elle a fait mettre de côté coûtent, taxe incluse, 47,78 dollars.

— Bonjour Guylaine.

C'est Bouboule qui arrive pour son quart au travail.

— Allô, Laurette. Je viens de recevoir ma paye et il me manque quatre dollars pour acheter les vêtements dont je te parlais. Quelle déception ! La vendeuse m'a bien dit qu'elle ne pouvait pas me les garder après aujourd'hui.

— Tiens, voici, dit Laurette qui lui présente la somme.

— Mais, je ne peux accepter. Tu en as besoin.

— Bien non ! j'ai encore dix dollars dans mon sac. Tu me rendras cet argent quand tu le pourras. Je ne suis pas pressée.

— Merci beaucoup, Laurette ! Tu es une bonne amie. Je te le remettrai à la prochaine paye.

— Je te quitte, sinon je serai en retard pour mon travail.

— Au revoir, merci encore, lance Guylaine, toute joyeuse de l'heureux déroulement des choses.

En hâte, elle s'en va chez elle à bicyclette, dans son costume de serveuse. Guylaine demeure à la campagne, à trois kilomètres de la banlieue. Bien qu'elle soit énervée, Joël revient devant ses yeux. Elle le voit, penché au-dessus d'elle, lui murmurant : « Je te trouve bien à mon goût. »

Enfin chez elle, Guylaine se change et repart vers la Caisse Populaire. La voilà.

— Mais mademoiselle, vous ne pouvez encaisser ça, lui dit la caissière.

— Pourquoi pas, répond Guylaine les yeux égarés de crainte.

— Parce que c'est le talon de ton chèque, celui qui décrit ton salaire et tes déductions. As-tu l'autre partie?

— Non, elle est chez moi.

— Va la chercher et alors tu pourras l'encaisser.

Devant l'embarras de la jeune fille, la caissière ajoute :

— Ne t'en fais pas, ça arrive à tout le monde à un moment donné.

— Merci, je reviendrai.

Honteuse, Guylaine sort de la Caisse. Elle monte à bicyclette et la voilà repartie.

Quarante minutes plus tard, elle revient à la Caisse avec son chèque. Elle fait attention de ne pas se présenter à la même caissière...

Enfin, elle tient le trésor dans ses mains : 44,15 dollars plus les quatre dollars de Bouboule. Elle se dirige maintenant vers le Vallers pour acheter les vêtements.

— Veux-tu les essayer avant l'achat ? demande la vendeuse.

— Non merci, je les ai essayés l'autre jour.

Guylaine sait bien qu'après douze kilomètres de bicyclette, sa peau moite ne lui permettrait pas d'entrer dans ce blue-jean collant.

Encore trois kilomètres de plus et elle arrive à la maison avec la première cueillette du trésor qu'elle accumulera petit à petit tous les deux jeudis...

C'est vêtue de ses nouveaux vêtements que Guylaine attend nerveusement Joël, samedi soir, chez elle. Elle n'a rien dit à ses parents qui, sans doute, ne l'approuveraient pas. Inquiète, elle s'est assise dehors en cette belle soirée de début juin. Elle fait le guet. Son cœur s'émeut à la pensée de Joël.

Le père de Guylaine, horticulteur amateur, entre dans la maison. Il vient de finir de désherber sa plate-bande de fleurs vivaces qui, à ce moment de l'année, est à son apothéose.

Le voilà. Guylaine voit enfin venir le tacot vert de Joël qui s'engage dans la longue entrée.

— Bonsoir Guy! Où est-ce que je laisse mon char d'assaut? demande-t-il avec son humour coutumier.

— Entre la maison et le hangar, ce serait parfait, Joël.

Il s'exécute, puis vient s'asseoir à ses côtés.

À l'intérieur de la maison, le père demande :

— Qui est-ce, Rita?

— Je ne sais pas. Sans doute un ami de Guylaine, puisqu'il est assis avec elle pour lui parler.

Le père s'est approché de la fenêtre et regarde le nouvel arrivé.

— Mais il est beaucoup plus vieux qu'elle. Je n'aime pas ça, non, pas du tout !

— Guylaine s'est comportée drôlement cet après-midi. Serviable comme jamais et ce soir elle a revêtu ses nouveaux vêtements juste pour rester ici.

— Si elle demande de partir avec lui en auto, refuse. À quinze ans, elle est trop jeune.

— Attendons voir. Il s'est peut-être juste arrêté en passant, répond la mère qui essaie toujours de tempérer le caractère bouillant de son mari.

À neuf heures et demie, Joël et Guylaine sont encore en pleine conversation animée.

Le père, à plusieurs reprises, s'est collé le nez à la fenêtre pour voir ce qui se déroulait à l'extérieur.

Dès la tombée du jour, il a allumé la lumière extérieure, au grand déplaisir de sa fille, qui se sent surveillée.

Avec impatience, monsieur Beauvais sort sur le perron et ordonne d'un ton autoritaire :

— Il est temps de rentrer Guylaine. Il fait noir.

— Oui, oui, ça ne sera pas long.

— Bon, je dois partir, dit Joël embarrassé. Je te reverrai au travail lundi.

Il regarde sa jolie compagne et voudrait bien lui donner un baiser d'au revoir mais n'ose pas, se sachant épié.

Guylaine feint l'indifférence en reconduisant Joël à son auto.

Il met le moteur en marche et s'apprête à reculer ; il aperçoit alors le père de Guylaine qui l'observe sévèrement, les mains sur les hanches. Troublé, il recule brusquement sans trop regarder et s'arrête quand il se sent descendre un talus. La voiture ainsi inclinée a du mal à se dégager. Ses roues roulent dans une terre molle qui vole à l'arrière. Joël constate qu'il vient de saccager une belle plate-bande de fleurs. Du coin de l'oeil, il voit le père de Guylaine gesticuler, menaçant. Le bruit de son moteur ne lui permet pas d'entendre les paroles, mais il les devine à l'expression du visage. Dans un nuage de poussière, Joël dévale l'allée, tourne sur le chemin et s'engouffre dans la nuit.

— Mes fleurs ! L'imbécile a reculé dans mes fleurs ! Espèce d'idiot ! vocifère le père qui va constater les dommages infligés à sa plate-bande.

Sa femme est accourue à ces cris de colère et Guylaine, elle, témoin stupéfait, s'est réfugiée dans la maison.

— Regarde, Rita, ce que cet animal a fait à mes fleurs !

— On verra ça demain. Je t'achèterai d'autres fleurs pour réparer les dégâts. Ce n'est pas la fin du monde ! Pense à ta fille qui est rentrée en pleurant.

— Ah ! elle. Je veux lui dire un mot.

Rita sait que seul le temps viendra à bout de la colère de son mari. Elle rentre donc. Lui reste pour constater les dégâts et il marmonne tout seul.

À l'intérieur, Guylaine est montée dans sa chambre. Sa mère frappe à la porte et dit :

— Je peux entrer ?

— ...

— J'aurais à te dire un mot.

Elle entend les pleurs de Guylaine. Elle entre discrètement et s'assoit sur le lit auprès de sa fille qui a la tête enfouie dans son oreiller. La mère touche la chevelure de Guylaine et dit, tendrement :

— Ne t'inquiète pas trop. Tu connais ton père. Il se met en colère, mais ça ne dure pas. Demain, on réparera la rocaille et tout sera oublié.

— Joël ne voudra plus de moi après ce soir, dit-elle la gorge saisie de sanglots. Je n'ai jamais été aussi humiliée. Pourquoi toujours me traiter en bébé !

— Ton père et moi voulons ton bien, Guylaine. Nous voyons que ce garçon est plutôt vieux pour toi. Quel âge a-t-il ?

— Seulement vingt-quatre...

— Ça fait neuf ans de plus que toi... C'est beaucoup, tu sais.

— Et puis ! Tante Ginette et oncle Cléo ont bien douze ans de différence, eux.

— C'est pas pareil. Ils se sont mariés alors que tante Ginette avait trente-deux ans et oncle Cléo quarante-quatre. Ils n'étaient plus des adolescents.

— Je ne peux jamais faire ce que je veux. Je suis écoeurée de cette famille qui m'empêche d'être heureuse. Je vais quitter la maison, je travaille maintenant...

La mère constate qu'il est impossible de raisonner sa fille en révolte. Après un instant de silence, elle ajoute :

— Couche-toi maintenant et dors bien. Demain on en reparlera à tête reposée.

Maternellement, elle touche le bras de sa fille puis elle sort.

Chapitre VII

HUILE À FRITURE
ET SAUCE À HAMBURGER

Au travail, les jours suivants, Joël et Guylaine feignent l'indifférence. Seuls quelques signes très discrets les unissent.

Vers la fin d'un quart de travail, Joël glisse une petite note dans la poche de l'uniforme de Guylaine. C'est un rendez-vous secret au parc Dupuis à quatre heures précises.

Malgré leurs précautions, Marteau se doute bien qu'il y a anguille sous roche. Son humeur ne s'est pas améliorée envers les jeunes travailleuses placées sous sa tutelle. Au contraire, elle est demeurée très méfiante, envers Guylaine surtout, dont elle surveille les moindres agissements. Toutefois, elle ne peut que rarement satisfaire son envie de vengeance contre Guylaine qui est une excellente travailleuse. Toujours assidue, consciencieuse et empressée, elle est vite devenue aux yeux de ses compagnes une serveuse modèle.

Pour Marteau, cette efficacité s'éclipse devant sa jalousie envers Guylaine, surtout depuis le jour où elle l'a surprise dans le bureau seule avec son fiancé Joël.

Pendant que Marteau travaille jusqu'à six heures, Joël et Guylaine se rencontrent au parc.

— Bonjour, Guy.

— Salut, Joël.

Ils se regardent et ne savent trop comment amorcer la conversation. Tous deux se savent dans une situation clandestine et se sentent un peu mal à l'aise.

Sans plus, Joël prend la main de son amie et les voilà qui marchent dans le sentier menant aux bancs sous les arbres ombrageux. L'après-midi est splendide en cette mi-juin et une chaleur bienfaisante réchauffe leur corps et leur coeur. Ils s'assoient l'un près de l'autre sur un banc public.

— Comment sont les fleurs de ton père, demande Joël de façon narquoise.

Guylaine le regarde avec un petit sourire embarrassé et répond :

— Cette plate-bande ne sera plus jamais pareille ! Blague à part, dès le lendemain, ma mère a acheté un semis de pourpiers, les fleurs favorites de mon père, et il a tout réparé. Ça ne paraît même plus.

— Ça n'a rien fait pour me rendre sympathique auprès de lui.

— Peut-être, mais pour moi tu es bien spécial et c'est ce qui compte.

À ces mots, elle appuie sa tête sur le bras de Joël.

— J'ai beaucoup pensé à nous trois...

— Nous trois ! reprend Guylaine surprise.

— Oui. Marcelle, toi et moi. Elle a de belles qualités, mais aussi un très vilain défaut de jalousie qui rend notre relation plutôt difficile.

Il s'arrête. Ce qu'il veut ajouter lui vient avec difficulté. Guylaine attend, perplexe.

— J'ai longuement pensé à nous deux aussi. Je ne me sens pas honnête de t'offrir mon amour, pas à cause de Marcelle car je sais ne plus l'aimer, mais surtout à cause de notre différence d'âge. Tes parents ont sans doute raison de craindre, à cause de cet écart, que tu m'aimes.

Un instant de silence lourd pèse sur eux tandis que Joël attend la réplique de sa compagne. Gravement, elle dit :

— Je connais bien des couples qui ont une différence d'âge assez marquée et qui sont heureux ensemble. Tu te souviens peut-être du professeur à l'école intermédiaire St-Pierre qui aimait une de ses élèves. Ils se sont fréquentés en secret et lorsqu'elle eut atteint dix-neuf ans, lui en avait vingt-huit, ils se sont mariés. Et, tous s'accordent à dire qu'ils forment un couple idéal.

Surpris d'un tel plaidoyer, Joël demeure à la fois étonné et heureux. Il regarde Guylaine droit dans les yeux puis s'approche d'elle. Guylaine, attendrie, ferme les yeux et leurs lèvres s'unissent en un ardent baiser.

Tout juin semble fondre sur eux en ce moment spécial. Quelle chaleur réconfortante enveloppe le jeune couple en leur première preuve d'amour!

Ils sont tirés de ce charme par la rigolade de deux garçonnets qui ont été témoins de la scène et observent le couple en formant des X avec leurs index, geste qui signifie en leur code puéril : l'amour.

Joël regarde son amie et lui aussi fait ce signe auquel Guylaine répond d'un rire tout ému.

* * *

Au travail, Marcelle assigne à Guylaine les corvées les plus difficiles. Plus souvent qu'à son tour, Guylaine doit laver les planchers, vider les sacs à ordures et nettoyer les salles de toilettes.

Malgré ce travail de concierge, Guylaine tient bon. Elle demeure à son poste et tente d'améliorer son rendement. Sa raison primordiale de persister est Joël avec qui elle travaille et les quelques rencontres secrètes qu'ils trament à l'insu de Marcelle.

C'est jeudi soir, jour de paye. Le restaurant est bondé de clients et tous les employés s'affairent comme des fourmis dans une fourmilière.

Guylaine est la préposée aux frites. Il faut remplir les paniers de métal de frites crues et ensuite déposer ces paniers dans les friteuses d'huile bouillante. Lorsque le signal automatique se fait entendre, la préposée doit les retirer de la graisse, les accrocher à l'égouttoir de la friteuse et laisser égoutter la graisse quelques instants. Après, elle vide les paniers de frites dans le bac en acier inoxydable. Là, les serveuses viennent s'approvisionner avec une petite pelle en forme d'entonnoir qui place les frites debout dans les récipients de carton.

Les clients qui reçoivent ces frites ignorent tout le travail qu'ont requis ces petites gâteries. En effet, Guylaine, ce jour-là, a les mains endolories de ce travail ardu et répétitif, et toujours sous le contrôle sévère de Marcelle qui ne manque jamais l'occasion de la critiquer.

Au moment où Guylaine retire un lourd panier de frites de l'huile à friture, elle est violemment heurtée dans le dos. Elle est propulsée vers l'avant et le panier de frites retombe dans l'huile qui l'éclabousse.

Guylaine lance un cri affreux. Toute activité s'arrête dans le restaurant, et travailleurs et clients regardent se tordre de douleur la jeune serveuse. Elle secoue ses mains et les frotte sur son uniforme tentant d'enlever la graisse bouillante qui lui brûle la peau comme des tisons ardents. Joël est le premier arrivé à son secours. D'une serviette, il lui recouvre les mains, épongeant les éclaboussures d'huile. Marcelle, elle, joue l'innocence :

— J'ai glissé sur le plancher huileux, j'ai perdu l'équilibre et donné involontairement un coup. C'est un accident.

Sans se préoccuper de Marcelle, Joël entraîne déjà Guylaine vers la salle du personnel. Christian les suit.

— Remplis le lavabo d'eau froide, lui commande Joël.

— Tout de suite, répond Christian qui les a rejoints.

L'accidentée pleure de douleur.

— Mets tes mains dans l'eau. Ça te fera moins mal.

— Oui, oui ! ça brûle moins, s'exclame Guylaine soulagée par l'eau froide.

— Christian, appelle une ambulance. Elle devra se rendre tout de suite à l'hôpital.

— Ce ne sera pas nécessaire, rechigne Guylaine alarmée à cette perspective.

— Ah si! c'est nécessaire. Ces brûlures doivent être traitées dès maintenant pour éviter l'infection et une mauvaise cicatrisation.

— .....

Comprenant la gravité de ses brûlures, Guylaine pleure. Le bras réconfortant de Joël autour de sa taille la console. Alors que Marcelle descend pour s'excuser, Joël lui ordonne avec sévérité :

— Monte voir au travail. Nous en reparlerons plus tard. Moi, je vais conduire Guylaine à l'hôpital.

À ces mots secs, Marteau ne peut qu'obéir. Furieuse, elle remonte.

— L'ambulance arrivera bientôt, annonce Christian.

— Bon! va l'accueillir dehors. Tu feras descendre les ambulanciers. Fais vite!

Christian est déjà parti. Lynn, témoin de l'accident, arrive nerveuse, les yeux en larmes.

— Ça va, Guylaine?

— C'est mieux maintenant que j'ai les mains dans l'eau froide. Ça enlève la brûlure.

— Lynn, sors la trousse de premiers soins et amène-la ici.

Elle accourt à ses ordres.

— Bon ! donne-moi l'onguent antiseptique ; le gros récipient, oui, celui-là. Ouvre-le ! Sors aussi de sa boîte la gaze en bande. Donne ici. Guylaine, sors une main de l'eau et éponge-la très légèrement sur cette serviette.

Aussitôt fait, Joël enduit cette main d'une épaisse couche d'onguent. Déjà, il enroule la gaze autour de chaque doigt, puis toute la main qui bientôt a l'air de celle d'une momie. La dextérité de Joël étonne Guylaine au point qu'elle dit :

— Où as-tu appris cette technique?

— J'ai suivi les cours de premiers soins des ambulanciers Saint-Jean.

Sans rien ajouter, il fait de même avec l'autre main.

— L'ambulance arrive, crie Lynn.

En peu de temps, la blessée est couchée sur la civière et on la porte à l'ambulance qui démarre en direction de l'hôpital. Joël est monté à bord.

— Je vais avec toi, Guylaine. Ne t'en fais pas, le pire est passé.

— Merci Joël. Tu as été brave et tellement efficace.

— Ce n'est rien.

— Qui prendra notre place au restaurant? Nous étions si occupés.

— Laisse faire le restaurant. Ils se débrouilleront. L'important, c'est de bien prendre soin de toi. Tu as eu de la chance de n'avoir que des éclaboussures et de ne pas plonger les mains entières dans l'huile. Dans quelques jours, tu seras guérie, tu verras.

Guylaine le regarde avec un si beau sourire que Joël se sent tout récompensé de ses soins.

* * *

Au travail, l'atmosphère est tendue. Bien que Marcelle répète à tout venant que son geste a été accidentel, on la soupçonne avec raison. La persécution dont Guylaine a été victime depuis son entrée au Restovite ne laisse planer aucun doute, dans l'esprit des employés, sur les intentions malveillantes de Marteau. Pour se disculper, cette dernière fait même parvenir une magnifique corbeille de fleurs à sa rivale.

De son côté, Guylaine se garde bien de l'accuser même si, en son for intérieur, elle a des raisons de la soupçonner...

Le lendemain de l'événement malheureux, les autorités du restaurant tiennent une réunion d'urgence pour discuter de sécurité au travail. Une allusion de blâme envers Marteau fait soudain pâlir celle-ci de rage. Après avoir invectivé ses collègues, elle se prépare à partir. Violemment, elle enfile son casque de moto. Tous entendent un « ploush »... la sauce à hamburger dégoutte en abondance tout autour de son casque. En un instant, son visage entier est recouvert d'une épaisse sauce.

Un rire instinctif résonne par toute l'assemblée devant ce spectacle de vaudeville. Joël surtout rit au point qu'il tombe de sa chaise. Christian, lui, plié en deux, se tient les flancs.

De son côté, Marcelle est tellement abasourdie qu'elle reste là et laisse la sauce couler de son casque. Soudain, elle lance un juron, enlève son casque et le projette avec une telle violence qu'il fracasse la vitre de la porte et s'écrase contre le mur du couloir. Rapide comme l'éclair, elle sort de la salle. On se tord de rire. Même monsieur Smith, le responsable du personnel, en dépit de ses efforts pour reprendre son sérieux, rigole bien malgré lui. Ce n'est que cinq bonnes minutes plus tard qu'il réussit à obtenir assez de calme pour demander :

— Qui est le responsable ?

— ...

« Rien ni personne, mais l'effort en valait le spectacle », pense-t-il.

— La réunion est terminée, ajoute monsieur Smith qui a peine à conserver son sérieux.

Au sortir de la salle, Christian a ce petit sourire narquois des plus beaux moments de ses meilleurs tours...

Chapitre VIII

RELAX-A-TIF

GUYLAINE s'ennuyait déjà lorsqu'on lui donna son congé de l'hôpital, trois jours plus tard. Ses amis du restaurant étaient venus à tour de rôle ou en groupe lui rendre visite. Joël, sans même s'en cacher, vint la voir chaque jour, au grand déplaisir de Marcelle.

Guylaine s'inquiétait des classes qu'elle manquait et du salaire perdu. C'est Joël qui la rassura.

— Ne t'en fais pas. Christian me dit que tu as été recommandée dans chacune de tes matières à l'école. Tu n'as donc aucun examen à passer en cette fin d'année. En ce qui concerne ton salaire, l'assurance indemnisation t'en paiera environ les trois quarts jusqu'à ton retour.

Guylaine était soulagée à ces deux nouvelles. Ses mains enrobées de pansements ne lui auraient de toute façon pas permis d'écrire une seule ligne. Son application constante à ses travaux scolaires et son intelligence l'avaient bien servie.

Cependant, une autre idée préoccupait la jeune fille qui avait eu beaucoup de temps pour penser durant ces trois jours passés à l'hôpital. Son visage, plus sérieux que d'habitude, et sa verve moins rapide l'avaient trahie. Joël lui demanda :

— Tu sembles soucieuse, Guylaine. Veux-tu me parler de ce qui te préoccupe?

— J'ai beaucoup pensé à nous deux et même à nous trois comme tu le disais l'autre jour. Notre amour demeure clandestin. Tu m'as avoué ne plus aimer Marcelle. Alors, pourquoi ne pas être franc envers elle, envers moi et envers toi-même et rompre tes fiançailles?

— C'est ce que je dois faire, je le sais. Mais, connaissant son caractère, j'ai de la difficulté à m'y décider.

— Ce n'est pas que je veuille te forcer à cette décision, mais tu sais que je n'aime pas ces situations fausses. Penses-y bien puis, selon ta décision, agis envers elle ou envers moi...

Lorsque Joël la quitta, il était bien décidé d'en finir avec Marcelle. Il se savait faible dans de telles circonstances, mais Guylaine avait raison, il lui fallait agir. Bien résolu, il se rendit directement chez Marcelle et lui annonça de façon plutôt directe la rupture de leurs fiançailles.

Marcelle, en une fureur incontrôlée, l'accusa de tous les crimes de l'humanité. Secrètement, elle se promit de se venger de cette « fillette » qui lui volait son fiancé.

* * *

Ce samedi soir au Restovite, contrairement à l'habitude, tout est plutôt tranquille. Quelques adultes entrent et de petits groupes d'adolescents viennent, mais peu en comparaison des légions du soir précédent, où deux écoles secondaires de la ville avaient tenu leur soirée de bal suivant la collation des grades. De toute évidence, on est épuisé après ces festivités qui durent toute la nuit.

Ainsi, les jeunes employés du restaurant ont du temps pour prendre des pauses plus prolongées. Et, pendant ces pauses, quel plaisir que de passer en revue tous leurs professeurs !

— Avez-vous entendu parler de l'explosion en science l'autre jour? dit Johnny.

— Oui. Qu'est-ce qui l'a causée?

— Bien, vous savez que le gros Balaz aime faire des expériences en chimie. Je ne sais pas où il a eu son diplôme d'enseignement celui-là...

— Dans une boîte de « Cracker-Jack », ajoute quelqu'un.

— De toute façon, il venait de mélanger de l'acide avec je ne sais pas trop quoi dans une éprouvette et il chauffait la potion avec son bec Bunsen. Tout le monde attendait en rigolant, car ses expériences ne marchent jamais. Rien ne se passait. Il ajoute alors plus d'acide, puis plus de poudre. Rien. Il retourne à son manuel d'expérience. Là, il nous dit qu'il a oublié un autre ingrédient qu'il ajoute. Rien. Je vous dis que tout le monde se tordait de rire. Enfin, il ajoute une autre quantité de cette poudre : BOUM ! C'est tout ce qu'on a entendu, une immense explosion. On s'est tous jetés par terre derrière nos pupitres. Quand on s'est relevés, tout avait disparu du pupitre et le froc de Balaz était en feu. Louis est accouru avec la couverture de sécurité pour étouffer le feu. Après que la fumée se fut dissipée, on a trouvé que l'éprouvette s'était brisée en mille miettes et que ces projectiles étaient plantés dans le plâtre du mur au fond de la classe.

— Personne n'a été blessé ?

— Non ! c'est un miracle. Il semble que l'explosion a éclaté vers le haut, juste au-dessus de nos têtes.

— C'est pour ça qu'on a dû sortir, l'explosion ayant déclenché l'alarme à incendie.

— Oui. On a bien ri après, mais je vous dis que ce n'était pas drôle à ce moment-là. Plusieurs filles pleuraient de frayeur et Jackie a pris une crise de nerfs.

— Jackie prendrait une crise de nerfs si sa mère laissait tomber un œuf sur le plancher, ajoute ironiquement Sylvie.

— Peut-être, mais cette fois, elle avait raison de s'affoler.

— J'ai entendu dire que le directeur va le congédier. Il ne sera pas là l'an prochain.

— J'espère ! ce maniaque est dangereux.

— Du moins, c'est plus excitant qu'en english. Miss Finnerty, la vieille fille, nous endort avec ses longs exercices de 'grammar'. Ça m'enrage d'entendre les rires de la classe de monsieur James à côté.

— Lui, il est dans le vent, interrompt Sylvie. Je n'ai jamais eu autant de plaisir en english qu'avec lui. Même Shakespeare est intéressant cette année.

— Pas avec mademoiselle « Somnifère ». C'est assez plate !

— Nous autres, la semaine avant les examens, tu te souviens comme il pleuvait, Giroux nous a fait courir un kilomètre en culture physique. De quoi attraper une pneumonie.

— C'était peut-être dans le but de faire laver Chunky. Ah ! qu'il pue donc celui-là ! ajoute Christian.

— Il se tient avec une bande de durs qui prennent de la drogue.

— Non seulement ils en prennent, mais ils en vendent. Chunky m'en a offert encore l'autre jour, renchérit Diane.

— Si vous connaissiez sa famille et leurs conditions de vie, vous comprendriez pourquoi il est devenu un voyou de la sorte.

— En tout cas s'il pue, dit Sylvie, ce n'est certes pas pire que l'haleine de Dino.

— Qui est Dino?

— Dinosaure, Guillemin, notre prof de mathématiques. À Noël, Christian lui a donné une bouteille de rince-bouche en cadeau, mais je crois qu'il ne s'en est jamais servi.

— Moi, même lorsque je ne comprends pas comment résoudre un problème de maths, je ne le lui dis pas au cas où il viendrait me l'expliquer à mon pupitre. Je demande plutôt à Chink. Il est peut-être bien bizarre, mais au moins il a bonne haleine.

Ainsi, du coq à l'âne, aucun professeur n'échappe à la critique des élèves. Que c'est agréable de passer au crible ces adultes qui ont pour tâche de les faire travailler et de les discipliner, eux les élèves qui n'ont d'autre choix que d'obéir. Ces critiques ne sont en somme qu'une soupape pour laisser échapper la pression du pénible quotidien.

— Assez de commérage, c'est l'heure de retourner au travail. C'est moi le prof ici, ajoute Joël avec humour.

— J'espère que la bande de motards à Stoner ne viendra pas ce samedi. Ça fait trois semaines qu'ils arrivent deux minutes avant l'heure de fermeture, juste pour être désagréables, dit Joël.

— S'ils n'étaient pas aussi dangereux, je ne les servirais pas, reprend Christian.

On ferme à une heure les samedis soir. Après, pendant environ une demi-heure, ils travaillent à tout nettoyer : plaques chauffantes, friteuses, bacs et paniers à friture, appareils à crème glacée, comptoirs, tables, banquettes et planchers. On vide aussi les poubelles et on nettoie la cour. Ainsi, le lendemain matin, quand ouvre le restaurant pour le déjeuner à six heures trente, tout est d'une propreté exemplaire. Lorsqu'on n'est pas trop occupé, on aime bien commencer le récurage un peu avant l'heure de fermeture afin de pouvoir quitter plus tôt.

Soudain, on entend un bruit infernal de motos. Stoner arrive avec sa bande de motards accompagnés de filles (si on peut nommer ainsi ces amazones).

À l'horloge, il est minuit cinquante-cinq minutes. C'est leur plaisir de venir à cette heure, juste pour retarder la fermeture.

Les voilà qui entrent. Quel spectacle ! Vêtus de blousons de cuir noirs sillonnés de chaînes, ils portent des bracelets de cuir cloutés de métal. Les garçons ont la barbe et les cheveux longs et pouilleux. Avec eux entre une odeur rance de souillure, de « pot » et d'haleine lourde d'alcool. Les filles qui les accompagnent portent des pantalons si serrés qu'elles semblent avoir été fondues dans ces moules de cuir. Leur chevelure ébouriffée et leur visage grimé à l'excès leur donnent un air de sauvagerie peu rassurant.

Le chef s'approche du comptoir et, après un rire graisseux, fait remarquer :

— Je vois que la p'tite mère a commencé son ménage.

Il jette un regard circulaire. Voyant que la machine à milk shake a été en partie défaite pour être nettoyée, il commande :

— Douze hamburgers, douze grosses frites et... douze milk shakes au chocolat.

Sylvie n'est pas trop brave derrière la caisse. En ce moment, elle préférerait se voir quelque part au pôle nord.

— Monsieur, nous n'avons plus de chocolat en haut, prendriez-vous une autre essence ?

— Qu'est-ce que tu veux dire par « en haut » ?

— Il n'y en a plus ici. Nous devrons en monter une caisse de l'entrepôt du sous-sol demain.

Brutalement, Stoner donne un coup de poing sur le comptoir. La caisse saute et tout le monde autour aussi.

— La p'tite mère, j'ai dit que moi et ma « gang » on veut des milk shakes au chocolat, tu entends, au chocolat, pas aux fraises ni aux bananes ni aux pamplemousses, mais au chocolat !

Christian vient au secours de Sylvie. Il annonce :

— Un instant, monsieur, je descends chercher le chocolat.

Voyant qu'il a causé des problèmes, Stoner, tout fier de lui-même, se retourne vers ses impertinents de compagnons et laisse tonner son grognement rauque semblable au bruit de sa moto.

Au bout de peu de temps, Christian revient. Il remplit le contenant à chocolat, replace l'appareil à milk shake et s'affaire à préparer les douze milk shakes au chocolat. Malgré ce surcroît de travail, il ne semble pas contrarié. Il paraît même y prendre plaisir. Il place les douze verres sur un plateau et il les porte aux tables des motards avec une politesse exagérée, comme s'il était maître d'hôtel dans un grand restaurant.

Le groupe bruyant parle et crie. Chaque phrase est ponctuée de jurons et de vulgarités qui visent à scandaliser les jeunes employés. Les motards font un effort spécial pour salir tout ce qu'ils touchent et jeter leurs papiers par terre. Au-dessus du brouhaha, on entend le rot grossier d'un énergumène qui a l'air d'un gorille.

La bande semble bien s'amuser, tandis que les employés, craintifs, récurent et astiquent chaque appareil, chaque comptoir, afin d'aller se reposer.

Soudain, les motards s'agitent. Ils cessent leurs festivités de goinfres et se regardent d'un air hébété. Deux des filles se frottent l'abdomen et se plaigent de crampes douloureuses. Deux gars ont déjà filé vers le dehors, incommodés. Le chef se lève brusquement et s'approche du comptoir pour crier de sa voix de stentor :

— Gérant, gérant ! Je veux parler au gérant !

Le gérant s'approche de ce monstre. À l'instant précis où Stoner s'apprête à lui parler, il ouvre grand les yeux et sa bouche demeure entrouverte comme s'il était frappé de stupeur. Une odeur peu agréable envahit le restaurant. Le chef de bande, sans rien ajouter, quitte les lieux en criant :

— On part ! Vite ! Tout le monde sur sa moto, tout de suite !

Sous le regard des employés incrédules, la bande entière file à l'extérieur. On entend la pétarade des motocyclettes qui démarrent en vitesse.

Tous les yeux se tournent vers Christian qui se tord de rire devant ce départ dramatique. On le regarde faire sans trop comprendre.

Christian soulève l'un des milk shakes demeuré aux trois quarts vide sur la table des motards et, avec de grands efforts pour maîtriser sa voix vibrante d'excitation, il annonce en levant le verre :

— Mes amis, je vous présente la nouvelle essence de milk shake pour motards indésirables. Et, de sa poche, il retire l'emballage vide d'une tablette de chocolat du fameux laxatif LAX-LAX...

Tous comprennent l'astuce et un rire éclatant soulage les employés bien vengés.

Chapitre IX

AGRESSION ET PARASITE

JUILLET brille de tous ses feux. Ah ! ces vacances tant attendues, les voici ! Des randonnées à bicyclette, des pique-niques, des aventures à la plage et quoi encore ! Il ne faudrait surtout pas oublier de s'arrêter au Restovite chaque fois qu'on passe devant. Pourquoi ? Tant de jeunes, filles et garçons, y travaillent et tant s'y arrêtent qu'il y a là toujours quelques amis et aussi des amis de nos amis à rencontrer. C'est comme le croisement de dix sentiers, la halte qui restaure et qui permet ces rencontres d'amitié. C'est le moment des affaires en or pour le restaurant. Les employés, presque tous des étudiants libérés par les vacances scolaires, y travaillent de nombreuses heures qui leur permettront de gagner l'argent pour payer leurs études.

Guylaine, guérie de ses brûlures, est revenue au travail. Une froideur évidente s'est installée entre elle et mademoiselle Martel et, on peut le constater, entre cette dernière et tous les employés. Seul son poste lui permet d'avoir des rapports avec les autres. Personne n'a oublié l'humiliation de la sauce dans son casque devant tous, ainsi que la victoire de sa rivale auprès de son fiancé. En cette soirée torride de juillet, c'est la seule froideur qui persiste.

— Psst ! regarde qui arrive, souffle Mich.

— Quoi ! Bouboule et Gerry ! Je n'en crois pas mes yeux, remarque Diane.

— Je n'aime pas ça. Ce Gerry est un parasite de la pire espèce. Bouboule devrait s'en méfier.

— Oui, mais c'est le plus beau gars de l'école. Et il est le batteur de l'orchestre des « Charmers », le groupe le plus célèbre de la région.

— Ce gars-là peut se choisir les filles qu'il veut...

— Sauf celles qui le connaissent déjà...

— C'est pourquoi je me demande ce qu'il fait avec Bouboule. Elle est bien fine, mais ce n'est pas un modèle de beauté avec ses soixante-dix kilos et son mètre cinquante !

— Oui, elle est fine... mais surtout riche...

Des clients qui se présentent au comptoir interrompent la conversation des deux filles.

Laurette, orgueilleuse de son sort, se pavane devant tous au bras de Gerry. Ils s'installent sur une banquette et engagent une conversation animée pendant qu'ils dégustent des frites et partagent un milk shake.

Dans le restaurant, les employés et les jeunes passent en sourdine des remarques sur ce couple qui semble si mal assorti. Quelques filles se pâment encore devant la beauté de ce Don Juan; d'autres, ses anciennes victimes, le regardent avec une gamme de sentiments allant de la méfiance à la haine profonde.

La serveuse aussi a remarqué, lorsqu'est venu le moment de payer l'addition, que Laurette a glissé un billet dans la main de Gerry... Celui-là, jamais il ne travaille, sauf avec son orchestre et pourtant, il est toujours habillé comme un mannequin de mode et il conduit une auto sport de l'année. Excepté les malheureuses qu'il laisse derrière lui dans son sillage, on se demande comment il peut mener un tel train de vie.

De son côté, Chink le « patenteux » a inventé un instrument pour distribuer la sauce sur les hamburgers. Il met en marche le petit moteur, plonge un tuyau dans le récipient à sauce et d'un autre tuyau de plastique transparent crache la sauce lorsqu'il presse le bouton. Le mécanisme fonctionne à merveille et épargnera beaucoup de temps à l'heure de pointe. Seule Marteau regarde cette invention avec méfiance. Elle s'approche et ordonne :

— Laisse-moi essayer cette machine-là.

Et, sans même demander les instructions, elle en prend le contrôle.

— Mais, il faut...

— Tais-toi Chink ! jappe-t-elle.

Elle s'amuse à activer la gâchette. La sauce en quantité toujours égale sort du tuyau et forme un cercle parfait sur le pâté de viande.

— Mademoiselle...

— Chink ! mêle-toi de tes affaires.

Tout à coup, plus rien ne sort. Marteau regarde le tuyau qui semble bloqué. Elle active la gâchette de façon répétée, puis fait

jouer un déclic rouge sur le dessus de l'appareil. Le moteur gronde de plus en plus rapidement. Il ne sort toujours rien. Elle regarde à l'intérieur et, à ce moment, l'appareil tousse puis une inquiétante détonation se fait entendre. SLOUCH ! Une quantité substantielle de sauce éclabousse Marteau en pleine figure. Chink s'est précipité vers l'appareil et l'arrête en retirant la fiche de la prise de courant. La gérante, elle, a le visage à tel point couvert de sauce qu'elle tousse et crache pour trouver sa respiration. Quand elle parvient enfin à parler, c'est le volcan qui éclate.

Décidément, la sauce à hamburger n'est pas la prédilection de Marteau.

— Mademoiselle, je voulais vous dire de ne pas toucher ce déclic rouge. Il sert à activer la pression pour nettoyer le tuyau en cas d'obstruction...

Sans mot dire, Marteau se dirige vers la salle du personnel pour se nettoyer. Joël, qui est intervenu, suggère à Chink :

— Tu ferais mieux de prendre ton invention et d'aller la cacher quelque part. Tout peut arriver lorsque mademoiselle Martel reviendra.

Marteau revient à son poste vers vingt-trois heures. Elle est de toute évidence d'une humeur dangereuse. À plusieurs reprises, elle a observé l'horloge comme si elle attendait quelque chose. Les employés sont très polis envers elle en ces moments de mauvaise humeur. On évite même de la regarder en face, feignant ne pas s'être aperçu de son baptême à la sauce.

En semaine, le restaurant ferme ses portes à minuit. Le récurage commence et par cette chaleur les jeunes ont hâte de partir.

Marteau donne ses ordres. C'est alors qu'elle jubile.

— Guylaine! Tu t'occuperas de recueillir les déchets des poubelles et d'aller les porter à l'entrepôt à l'extérieur.

En entendant ces ordres, Joël observe que c'est là le travail le moins agréable et souvent le plus ardu. Que Guylaine, la rivale de Marteau, en hérite, indique bien une douce vengeance au cœur de l'amère gérante.

Mais, sans broncher, sans rechigner, Guylaine s'exécute comme si de rien n'était. De toute façon, l'idée d'aller à l'extérieur en cette nuit si douce de juillet ne lui déplaît pas. En hiver ce serait autre chose.

Un gros sac d'ordures en main, elle se dirige vers l'entrepôt, ouvre la lourde porte et traîne le sac dans la semi-obscurité jusqu'au fond du réduit. C'est là que viennent les éboueurs, tous les deux jours, recueillir les sacs accumulés.

Soudain, une main gantée l'empoigne au visage et lui couvre la bouche, tandis qu'un bras la retient par le cou. La panique s'empare de Guylaine et elle se débat avec l'énergie du désespoir. Mille idées aussi macabres les unes que les autres traversent son esprit comme des chocs électriques. Son instinct lui dicte de crier mais la main puissante qui lui recouvre la bouche l'en empêche. Son agresseur est derrière elle, mais elle ressent qu'il est beaucoup plus grand qu'elle. Sa main est si large qu'elle recouvre presque tout son visage et bloque en grande partie son nez. Elle a peine à respirer. Toutefois, elle se débat tant et si bien que son agresseur a peine à la retenir. Ses talons cognent à plusieurs reprises la jambe de l'assaillant qui lui commande d'une voix étouffée :

— Cesse de bouger ou je te tue !

Une telle menace ne fait que stimuler la victime qui se libère une main et tente d'attaquer le visage de l'ennemi. Ses doigts se heurtent à un masque dur. Elle l'agrippe par la courroie et tire de toutes ses forces. C'est alors qu'elle sent bouger quelque peu la main qui recouvre sa bouche. Elle ouvre enfin la mâchoire suffisamment pour sentir un doigt lui pénétrer la bouche. Alors, elle le mord à belles dents. Malgré son gant, l'antagoniste en ressent une vive douleur. Un grognement rauque s'échappe de sa gorge et l'agresseur relâche sa captive. Libérée, elle crie maintenant à s'en fendre les poumons. Saisi de panique, l'agresseur la pousse violemment et Guylaine tombe à la renverse. Par bonheur, les sacs d'ordures amortissent sa chute, mais elle crie de plus belle tandis que son assaillant s'enfuit.

Joël accourt déjà à l'extérieur, alarmé par ces cris. Christian le suit et Diane regarde par la vitrine. Un homme vêtu de noir se sauve sur sa moto à toute vitesse.

Les deux hommes accourent vers l'entrepôt tandis que Guylaine, hors d'elle, crie toujours en sortant du réduit.

— Qu'y a-t-il? Qu'est-ce qui se passe? Il prend Guylaine dans ses bras. À bout de souffle, épuisée par son combat et son état de choc, elle s'affaisse, quasi inconsciente.

— Portons-la à l'intérieur, dit Christian qui aide Joël.

Les employés entourent Guylaine qu'on vient d'allonger sur une banquette. Tous posent les mêmes questions : qui? quoi? pourquoi?

Les yeux hagards de Guylaine, qui revient peu à peu à elle, témoignent du choc.

— Laissez-la tranquille pour l'instant, commande Joël. Mich, va imbiber une serviette d'eau froide.

— Appelons la police, dit Christian, l'air affolé.

— Non... non... pas de police, dit Guylaine entre deux sanglots. Ça ira... mais j'ai eu si peur.

Marcelle, qui s'est approchée, fait un effort pour cacher son contentement.

Elle ajoute :

— Je ne crois pas qu'il faille faire intervenir la police pour une petite fille qui a eu peur de la noirceur. Il n'y a pas de raison de s'inquiéter. Allons, au travail si l'on veut fermer à une heure raisonnable.

Mich éponge le front de son amie avec des compresses d'eau froide et Joël la veille avec compassion. Les autres employés, ahuris par l'insensibilité de Marteau, retournent à leur poste contre leur gré.

À minuit trente, tout est fait et Marcelle part en disant :

— Joël, voudras-tu verrouiller les portes lorsque tout le monde sera parti ?

À ces mots, elle quitte le restaurant comme s'il s'agissait d'une soirée comme une autre.

— Quel cœur dur ! constate Lynn.

Chink n'entend pas perdre de temps en réflexions qui ne mènent à rien.

Il commande :

— Tout le monde, réunion d'urgence tout de suite à la salle du personnel. Il faut élucider l'incident de ce soir.

— Mais on n'en sait rien, rechigne Diane. Que pouvons-nous faire?

— C'est ce qu'on verra. Allons, descendons pour rassembler toute l'information qu'on a pu glaner.

Le sérieux surprenant de Chink convainc les autres. Guylaine, qui s'est un peu remise de ses émotions, descend à la salle accompagnée des autres.

Chink, resté debout, mènera de toute évidence l'enquête. Devant le petit tableau servant aux réunions, il ramène tout le monde à l'ordre comme un professeur qui veut commencer sa classe.

— Bon! il nous faut reconstituer l'incident pas à pas. Il ne faut pas négliger un détail, même s'il peut paraître insignifiant à première vue. Guylaine, tu vas nous raconter. On t'écoute...

Encore émue, elle ne sait trop comment commencer son récit. Pour l'aider, Chink pose la première question :

— As-tu vu quelqu'un entrer dans l'entrepôt avant toi?

— Non. Je venais de vider les poubelles près de la porte gauche. Là, je me suis dirigée vers l'entrepôt avec un sac d'ordures. La cour était vide et je n'ai vu personne autour. J'ai ouvert la porte et c'est alors que...

À ce mauvais souvenir, elle s'arrête, la gorge trop serrée pour poursuivre.

— Je sais que c'est pénible pour toi de raconter ça, Guylaine, mais il le faut si on veut trouver le coupable.

Elle reprend son courage et poursuit :

— J'ouvre la porte et j'entre dans l'obscurité. Tout à coup, une main m'empoigne la bouche et un bras me serre le cou. Puis, je me suis débattue. J'essayais de crier, mais sa main me couvrait la bouche.

— T'a-t-il dit quelque chose ? interrompt Chink.

— Non... oui. Oui, il a dit : « Cesse de bouger ou je te tue ! »

— C'est tout ?

— Oui et c'est assez !

— Continue...

— Après je me suis débattue. Je l'ai frappé sur la jambe avec mon talon.

— Avec quel pied l'as-tu frappé ?

— Voyons Chink, qu'est-ce que ça change? intervient Lynn.

— Ça change qu'on mène une enquête et que chaque détail peut mener à la solution.

Chink est d'un tel sérieux qu'on le laisse mener l'interrogatoire.

— De quel pied l'as-tu frappé?

— Avec mon pied droit.

— Était-il devant toi?

— Non, derrière.

— Alors tu l'as frappé à la jambe droite. Il a sans doute des blessures à la jambe droite.

La déduction logique donne de la crédibilité à l'enquête de Chink.

— Micheline, prends des notes de tous ces détails. En arrivant chez moi ce soir, je vais introduire ces données dans mon ordinateur qui m'aidera à résoudre ce crime.

— As-tu dit crime? interroge Joël.

— Quelqu'un qui dit : « Ne bouge pas ou je te tue », n'a pas l'intention de te vendre une Bible, répond Chink avec conviction.

Personne n'ajoute de commentaires, car on comprend l'importance de la menace.

— Continue ton récit. Comment as-tu pu te défaire de son emprise et crier?

— D'une main, j'ai tenté de l'égratigner

au visage mais il portait un casque avec une visière. Donc, je l'ai agrippé par la courroie sous son menton et j'ai tiré de toutes mes forces.

— Tu parles de lui au masculin. Comment sais-tu que c'était un homme? As-tu vu son visage?

Non, mais sa voix était celle d'un homme... et sa main était grande et forte comme celle d'un homme.

— Bien! continue. Comment as-tu pu crier?

— Quand j'ai tiré sur la courroie de son casque, il a un peu relâché son étreinte sur ma bouche et j'ai pu le mordre à un doigt. Là, il m'a libérée à cause de la douleur.

— L'as-tu mordu à la main droite ou à la gauche?

— Je ne sais pas...

— Pense un peu... Viens ici Diane. Tiens-toi devant moi. Tourne-moi le dos.

Docile, Diane sert de cobaye pour la démonstration.

— Tenait-il ta gorge avec son bras gauche comme ça ou de son bras droit, comme ceci?

— Avec son bras droit.

— Donc, il tenait ton visage avec sa main

gauche. Intéressant. Nous savons maintenant qu'il est probablement gaucher.

— Comment le sais-tu? demande Christian.

— Instinctivement, une personne se sert de sa main la plus habile pour faire le plus difficile. L'important ici était de t'empêcher de crier et il l'a fait de sa main gauche. Il est donc probablement gaucher... En plus, dans quelle langue t'a-t-il parlé?

— En français.

— As-tu reconnu sa voix?

— ... Non. Avec sa visière, sa voix avait un son étrange de toute façon. Elle semblait très basse.

— As-tu remarqué autre chose? Quand tu l'as mordu au doigt, a-t-il saigné?

— Je ne pourrais pas dire, il avait des gants... et je me souviens qu'ils puaient l'essence.

— Prends ça en note, Mich.

— Je ne perds rien Alcide, dit-elle, toute à son travail de secrétaire.

— Te souviens-tu d'autre chose?

— ... Après que je l'ai eu mordu, il m'a poussée violemment et je suis tombée à la renverse sur les sacs d'ordures. Là, il s'est sauvé vers sa moto tandis que je criais. Alors vous êtes accourus à mon secours.

— Qui l'a vu, lui ou sa moto?

— Moi, dit Joël.

— Moi aussi, dit Christian.

— De quelle couleur était-elle?

— Bleue!

— Non, verte! reprend Christian.

— Je suis certain qu'elle était bleue, assure Joël.

— Elle ne pouvait être à la fois bleue et verte, dit Chink. Après réflexion, il ajoute :

— Où l'as-tu vue, Joël?

— Près du réverbère, à l'arrière du restaurant, quand il s'enfuyait. Il est passé à environ dix mètres de moi et j'ai bien vu sa moto bleue.

— Et toi, Christian, où l'as-tu vue?

— Juste comme il passait sous l'enseigne jaune de Restovite. Et j'ai bien vu le reflet vert sur son réservoir d'essence.

Le visage de Chink s'illumine de joie et il indique du doigt Joël et Christian en déclarant :

— Vous avez tous les deux raison.

Tous le regardent, étonnés.

— Comment peuvent-ils avoir raison tous les deux? demande Lynn confuse.

— Joël a vu la moto sous le réverbère et il l'a vue de sa vraie couleur, bleue. Lorsque Christian l'a vue, c'était sous la lumière jaune de l'enseigne de Restovite. Vous avez appris en art que le jaune et le bleu...

— Font vert ! énonce Christian. C'est pourquoi, l'ayant vue très rapidemment, j'ai cru qu'elle était verte.

— Élémentaire, mon cher Watson ! Chink les regarde, satisfait, un large sourire découvrant ses longues dents.

— Et moi, je l'ai vu monter sur sa moto stationnée près de la plate-bande de fleurs à droite du restaurant, ajoute fièrement Diane.

— Comment ça ?

— J'étais en train de nettoyer le comptoir du « service au volant », quand je l'ai vu courir vers sa moto et partir en trombe. Il a même traversé les fleurs pour y arriver plus vite.

— Bon ! décris-le-moi, enchaîne Chink.

— Attends un peu que je pense... Noir, oui, il était tout en noir.

Guylaine ajoute :

— Je me rappelle qu'il était vêtu en noir. Lorsqu'il s'enfuyait vers sa moto, je l'ai vu.

— Mich...

— Oui, je prends note de tout, ne crains rien.

— De quelle taille était-il ? Guylaine, t'en souviens-tu ?

— Plus grand que moi.

— Tout le monde est plus grand que toi, intervient en rigolant Christian, qui aime plaisanter sur la petite taille de Guylaine.

Tous rient et Guylaine, pour la première fois depuis sa mésaventure, sourit à ce badinage de camaraderie.

— Revenons à nos moutons. Diane, te souviens-tu de sa taille ?

— Plutôt grand et mince. Je me souviens qu'il a enfourché sa moto en passant la jambe par-dessus sans difficulté.

— Joël, toi qui connais les motos, de quelle marque était-elle ?

— ... Je ne l'ai pas remarqué, car j'étais alarmé par les cris de Guylaine.

— Toi, Christian ?

— Tout ce que j'ai pu remarquer quand il a tourné dans la rue, c'est la lettre « T » sur sa plaque d'immatriculation. J'ai tenté de lire le reste, mais je n'ai pas pu.

— La lettre était-elle au début ou à la fin du numéro?

— La première lettre, je crois... Oui, c'est ça, la première.

— Bon, ceci pourrait être très utile.

— Une seule lettre peut t'être utile? reprend Christian, incrédule.

— Bien, chaque lettre fait partie d'un code spécifique. On s'informera demain de sa signification. Chaque indice sert à éliminer des possibilités et oriente notre recherche vers un individu.

— Y a-t-il quelqu'un d'autre qui a vu quelque chose pouvant nous être utile?

— ...

— Personne. Diane, tu as travaillé au « service au volant », situé du côté droit. As-tu vu arriver ce motard?

— Non. Il a dû venir après la fermeture, car la cour de ce côté était complètement vide à minuit.

— Nous avons des indices, mais il nous manque un motif. Que voulait ce motard au juste? poursuit Chink. Guylaine, je vais te poser une question embarrassante, mais il me faut une réponse afin de déterminer... S'agissait-il d'une agression sexuelle? T'a-t-il touchée..., a-t-il tenté...

Chink, gêné, ne termine pas sa phrase. Toutefois, ses allusions et son air finissent sa pensée.

— Non! à aucun moment je n'ai eu l'idée qu'il cherchait à me violer.

— Que voulait-il donc?

La question était beaucoup plus un examen personnel qu'une interrogation.

— Peut-être voulait-il te voler, dit Lynn en regardant Guylaine.

— Mon doux! que pourrait-il voler à une petite serveuse de restaurant en uniforme de service?

Chink, après réflexion, répond :

— Je crois qu'il faut éliminer les motifs de viol et de vol. Que reste-t-il... Il y a une chose qui m'intrigue. D'habitude, c'est un des garçons qui a la tâche d'apporter les ordures à l'entrepôt. Ce soir, c'est Guylaine, parce que Marcelle lui a imposé cette tâche. Trois possibilités : soit que cet individu attendait l'un des garçons; soit qu'il savait que ce serait une fille; soit qu'il n'attendait personne et qu'il a été pris là par surprise.

— Tu te souviens, Joël, le mois dernier, tu as attrapé un clochard dans l'entrepôt en train de prendre des pains rassis de hamburgers. Peut-être que notre homme de ce soir était là pour ça.

— Un jeune homme à moto et un clochard ne sont pas de la même catégorie, mais peut-être cherchait-il autre chose...

Après un instant, Guylaine ajoute :

— Nous laissons souvent nos bicyclettes dans l'entrepôt. Serait-il venu pour en voler une ?

— Il ne pourrait voler une bicyclette à moto, répond avec logique Christian... à moins qu'il n'ait voulu qu'une pièce très précise... Qui a sa bicyclette là, ce soir ?

— Moi, répond Diane.

— Moi aussi, dit Chink.

Il rigole en ajoutant :

— Je suis certain que personne ne voudrait de ma vieille bicyclette, ni entière, ni en pièces détachées.

— Et de la mienne non plus. Elle a plus de cinq ans, renchérit Diane.

Un silence lourd tombe sur le groupe, et plusieurs d'entre eux semblent tirer en leur for intérieur une dernière conclusion.

Lynn ose dire :

— C'est probablement quelqu'un qui a voulu faire peur à Guylaine et ce n'était pas une plaisanterie, c'était fait d'une façon très maligne.

— Mais qui? et comment aurait-il pu savoir qu'elle irait, ce soir même, à l'entrepôt? questionne Mich.

— Une seule personne aurait pu savoir que Guylaine serait là...

Après ses paroles, Christian regarde tout le monde d'un coup d'oeil circulaire qui en dit long. Puis il ajoute :

— Après l'incident malheureux des brûlures aux mains de Guylaine, un prétendu accident de Marteau et la rupture des fiançailles, nous savons tous que Marcelle voue une haine implacable à Guylaine. Ce soir, c'est elle qui lui a ordonné d'aller à l'entrepôt...

— Un instant, interrompt Chink. Je crois que nous allons un peu vite. Il est vrai que Marcelle et Guylaine ne sont pas les meilleures amies, mais de là à monter de toutes pièces une agression, c'est peut-être aller trop loin. Et même si c'est une possibilité, il ne faut certainement pas sauter aux conclusions et l'accuser sans preuves. Joël, tu es sorti avec Marcelle, a-t-elle un frère?

— Non, seulement deux sœurs.

— Aurais-tu reconnu un ami ou quelqu'un de la parenté de Marcelle dans le motard de ce soir?

— Non... Je n'ai reconnu personne.

— Alors, ajoute Alcide, comme vous le voyez, il ne faut pas conclure précipitamment. Peut-être sommes-nous sur une fausse piste. Toutefois, il ne faut pas la négliger non plus. Secret complet sur tout ceci. Tenez les yeux et les oreilles grands ouverts et la bouche cousue. Demain, après le quart de minuit, nous nous réunirons à nouveau pour mettre nos indices et autres constatations en commun. Christian, informe-toi discrètement de la parenté de Marcelle et des marques de motos bleues. Joël, accompagne Guylaine à la maison ce soir. Lynn, ton père travaille pour le ministère des Transports. Essaie d'apprendre de lui ce que signifie la lettre « T » au début d'une plaque d'immatriculation de moto. Mich, passe-moi tes notes de secrétaire, je vais mettre ces données dans mon ordinateur. Et demande à ton père s'il connaît un motard habillé de noir qui conduit une moto bleue. Comme chauffeur de taxi, il doit reconnaître plusieurs motos dans notre petite ville.

On va partir. Seule Guylaine demeure là, la tête enfouie dans ses mains.

— Je vais quitter mon emploi, finit-elle par déclarer en pleurs. Depuis que je suis ici, je n'ai pas cessé d'avoir des ennuis.

— Non Guy ! ne fais pas ça. Tu es une bonne travailleuse et une excellente copine à nous tous, s'exclame Christian avec sincérité.

— Non !

— Non !

— Non !

Les collègues entourent Guylaine affectueusement et l'encouragent à demeurer au service de Restovite. Chink a le dernier mot avant le départ :

— Nous résoudrons cette énigme et punirons le coupable ou mon nom n'est pas Alcide ! tu verras que les choses vont s'arranger après ça et que nous serons tous plus à l'aise. Allons ! partons, il se fait tard.

Chapitre X

HAMBURGERS ET « TARTE-OPIUM »

Le lendemain, au Restovite, le travail reprit dans une atmosphère tendue. Vers les trois heures, on vit Bouboule entrer. Elle n'avait plus son air réjoui de la veille au bras du beau Gerry. Loin de là, elle avait la mine si déconfite que, par sympathie, Micheline l'aborda pour lui demander :

— Mais qu'est-ce que tu as ? Es-tu malade, Laurette ?

À ces mots, elle fondit en larmes et ses sanglots l'empêchèrent de répondre tout de suite. Le visage dans les mains, elle resta là, sans parler, donnant libre cours à sa peine. Seule avec Micheline dans la salle du personnel, elle essuya ses yeux rougis, se moucha puis, la gorge serrée, commença son récit.

— Tu sais que Gerry m'avait demandé de sortir avec lui. Eh bien ! moi, la grosse

Bouboule, j'étais orgueilleuse comme un paon. Jamais personne ne m'avait demandé ça avant, à part Chink pour une sortie au cinéma. Tu parles si j'étais fière de marcher avec lui dans la rue et d'entrer ici, au restaurant, à son bras!

— Qu'est-ce qu'il t'a fait pour que tu aies autant de peine?

— Tu sais que Gerry s'est acheté de nouveaux instruments pour son orchestre, il y a trois mois.

— Oui.

— Il m'a amadouée par son charme, puis m'a déclaré qu'il allait perdre ces instruments s'il ne pouvait faire le prochain paiement, car il était déjà en retard de deux mois. Il avait l'air si découragé que je n'ai écouté que mon cœur, je lui ai offert de lui avancer l'argent. Au début, il a refusé, puis, comme j'insistais, il a accepté. Il m'a amenée à la banque chercher l'argent, ensuite il m'a conduite au magasin « Les cordes d'or ». Là, en imbécile qui a perdu la tête devant un Don Juan, j'ai fait pas un, mais les deux paiements en souffrance, soit 366,32 dollars.

— Ah non ! Et puis après ?

— Après, son attitude a changé du tout au tout. Il ne m'a même pas remerciée. En sortant du magasin, il a refusé que je me tienne à son bras comme cinq minutes auparavant. Là, il m'a ramenée chez moi et m'a dit qu'il devait me laisser, car il avait une répétition avec son orchestre qui devait durer jusqu'en fin de soirée. Et, il est parti.

— C'est tout ?

— Non ! hier soir, je suis allée faire un peu de magasinage au « mall ». Lorsque je me suis arrêtée au restaurant pour un cola, Gerry était là avec la belle Maureen Kingsley qui ronronnait comme une chatte auprès de lui. Micheline, j'ai cru que j'allais mourir de choc. Je me suis approchée d'eux et j'ai dit à Gerry : « Ta répétition a fini de bonne heure. »

— Qu'est-ce qu'il t'a répondu ?

— Calmement, il m'a regardée puis a soufflé sa fumée de cigarette par ses narines comme un dragon, puis il m'a répondu en français pour que sa petite amie anglaise ne comprenne pas : « Bouboule, je voulais te dire que c'est fini entre nous. »

— Juste ça ! s'exclame Micheline.

— Juste ça ! ensuite j'ai ajouté : « Et puis, les deux paiements que j'ai faits pour toi, ça ne compte pas ? »

— Qu'est-ce qu'il a répondu à ça ?

— Il s'est mis à rire de son petit rire méchant, puis a répondu : « Considère ça comme un don pour encourager les jeunes musiciens de la région. »

— Et là, qu'est-ce que tu as fait ?

— J'avais tellement de peine que je me suis enfuie pour ne pas lui donner le plaisir de me voir pleurer.

— Le salaud !

À ces mots, Laurette se remet à pleurer de plus belle.

— Ne pleure pas pour lui. Il n'en vaut pas la peine. C'est un parasite qui fait ça à toutes les filles.

— Mais... il m'a dit tellement de belles choses...

— Je peux me l'imaginer !

— Mich, j'ai tellement honte que je ne pourrai jamais me montrer devant les autres.

— Bien non, Laurette ! Si quelqu'un t'en parle, dis-leur que c'est toi qui l'as abandonné. Et moi, je te promets de garder le secret des paiements.

— Tu es bien bonne... Ça m'a fait du bien d'en parler à quelqu'un. Merci de m'avoir écoutée.

— Laurette, tu montes aujourd'hui ou demain ?

La voix métallique de Marteau n'avait rien d'équivoque.

— Je monte tout de suite, répond Bouboule qui se sèche les yeux. Elle fouille dans son sac, se poudre les joues et prend une grande respiration avant de monter à son poste. Micheline la suit, portant leur secret.

* * *

Entre-temps, Chink n'avait pas chômé. Après une courte nuit de sommeil, il poursuivait son enquête. Toutes les données de la veille étaient déjà dans son ordinateur.

De son côté, Lynn avait obtenu de son père de l'information privilégiée concernant la fameuse lettre « T » sur la plaque d'immatriculation de la moto du fuyard. Elle téléphona à Chink, toute fière de pouvoir aider à l'enquête.

— Bonjour Lynn. As-tu le renseignement demandé ?

— Oui et je crois que ça t'aidera beaucoup.

— Vas-y, je t'écoute.

— Mon père me dit que la lettre « T » est attribuée à toutes les motos de notre ville dont les propriétaires demeurent au nord des voies ferrées du C.N. Il y a plus de cinquante-trois motos dans cette zone qui portent cette lettre.

— Wow ! ce sera presque impossible de pouvoir tout vérifier ça.

— Un instant Alcide ! j'ai mieux que ça. Avec l'aide de l'ordinateur au ministère des Transports, mon père a obtenu le nom des propriétaires de motocyclettes bleues de cette localité dont l'immatriculation commence par la lettre « T ».

— Formidable ! Combien y en a-t-il ?

— Cinq.

— As-tu les noms ?

— Oui. Voici les noms et les adresses.

— Pas trop vite, je les écris.

En un rien de temps, grâce à cette veine extraordinaire, Chink mettait dans son ordinateur les noms et adresses des cinq propriétaires. L'un d'eux était peut-être le coupable d'hier soir.

— Merci Lynn ! Tu es un cœur. N'oublie pas d'être au restaurant ce soir pour la réunion à minuit et demi.

— Je ne la manquerai pas pour tout l'or du monde !

— Au revoir.

— Tchao !

Alcide jubilait. Il fit éclater son rire épouvantable qui fit écho dans sa chambre. Christian et Joël qui étaient là, se regardèrent d'un air bizarre.

En capitaine, Alcide commanda :

— Les gars, nous avons du pain sur la planche. Nous pouvons peut-être résoudre l'énigme et découvrir le coupable aujourd'hui même si nous avons de la chance. Voici les cinq noms et leur adresse. Les connaissez-vous ?

Les trois consultèrent la liste de noms sur l'écran témoin de l'ordinateur.

— Connais pas, dit Joël.

— Moi, le nom de Pierre Blondin me dit quelque chose. C'est peut-être un élève de notre école, ajoute Christian.

— Ça, c'est assez facile à vérifier. J'ai déjà fait une petite incursion secrète dans les dossiers d'élèves de notre école.

À ces mots, Chink fait un large sourire qui montre ses longues dents et cache du même fait ses petits yeux noirs bridés.

Il pianote sur le clavier de son ordinateur avec dextérité. Bientôt, sur son écran apparaît le nom de Pierre Blondin, 316, rue Glaude. Élève en onzième année de leur école, expulsé à deux reprises pour inconduite. Les quatre autres noms ne figurent pas sur les listes de l'école.

— Bon ! ça n'ajoute pas beaucoup qu'il soit de notre école ou non. Ce qui compte maintenant, c'est de jouer au détective. Nous savons que le coupable possède une moto bleue, un casque et un blouson noir, qu'il est mince et grand, qu'il parle français et qu'il est légèrement blessé à la jambe droite et probablement à l'index de la main gauche. Il est aussi très probable qu'il soit gaucher. Donc, dans notre enquête, nous devons garder toutes ces données en mémoire et les observer. Adressez-vous toujours en français afin de savoir s'il est francophone. Puis, tendez-lui ce petit sondage bilingue que j'ai préparé à cet effet sur la popularité des motos. Chacun devra écrire pour indiquer ses préférences. Ainsi, nous verrons s'il est gaucher et s'il a des traces de morsures à un doigt. Quant au casque et au blouson, essayez de les voir, mais n'en parlez pas afin de ne pas éveiller de soupçons. Christian, prends ces deux noms, moi ces deux-ci et toi, Joël, celui de Pierre Blondin. Puisque tu n'es pas de l'école depuis six ans, il ne te connaîtra pas et ne se doutera de rien. Compris?

— Oui, c'est très clair. Mais, qu'est-ce que je fais s'il n'est pas là?

— Tu retourneras plus tard. Il faut absolument savoir ça dès aujourd'hui. Si nous tardons trop, ses blessures seront guéries et l'indice le plus important nous aura glissé des mains.

— Allons-y, dit Joël avec détermination.

Et, sans plus tarder, le trio de détectives part dans l'auto de Joël vers le nord de la ville.

* * *

Le mois de juillet est splendide. On s'accorde à dire que c'est le plus bel été et le plus chaud depuis quelques années. Les jeunes passent et repassent à bicyclette devant le restaurant. Le cyclisme, ça demande de l'énergie et l'énergie dépensée creuse l'appétit. Alors, la halte la plus habituelle, pour les jeunes, c'est le Restovite. Et quel meilleur endroit y aurait-il pour se retrouver entre jeunes gens, y rencontrer sa petite amie ou faire de nouvelles connaissances ? Les jeunes serveuses, malgré la chaleur, s'adonnent à leur besogne avec une ardeur surprenante. Les quarts étant de trois à quatre heures seulement, elles peuvent garder le maximum d'énergie et servir les clients avec rapidité et courtoisie. C'est le mot d'ordre chez Restovite.

Ce soir-là, un groupe hétéroclite s'est assemblé au restaurant. Chunky est venu et s'est installé avec des gars à l'air plutôt louche. Depuis que le mot s'est répandu qu'il se drogue et est même « pusher », plusieurs jeunes l'évitent, tandis que d'autres se sont mis à le coudoyer.

Le gros Dubois, reconnu pour ses goinfreries, est là parmi un groupe animé de jeunes espiègles qui aiment toujours le provoquer à quelque exploit gargantuesque. En effet, depuis une semaine, un groupe de l'école secondaire anglaise prétend posséder un champion « mangeur » capable de détrôner Woods, le champion de l'école française. D'ailleurs, ces deux-là se sont déjà affrontés en février dernier, lors du carnaval d'hiver, à la pizzeria « Go-Go », et Woods l'avait emporté, mais par une seule pointe de pizza. Cette victoire chaudement acquise était de mauvais augure pour Dubois qui avait vu sa suprématie amoindrie.

Ce soir, un concours a été organisé par les deux groupes rivaux. Chaque groupe entoure son champion et l'encourage à la victoire.

On apporte un plateau de hamburgers et le concours est lancé. Qui pourra en manger le plus ? Woods, qui n'a pas mangé de la

journée pour se préparer dignement, avale les deux premiers hamburgers comme s'il s'agissait de deux petits pois. Son adversaire, le gros Georges, en fait autant. Les troisième et quatrième descendent avec plus de modération. La foule s'anime. Chacun crie pour son héros. Les deux rivaux se regardent avec une certaine lassitude en empoignant le cinquième hamburger. De toute évidence, celuici séparera le vrai goinfre du porcelet... Les mâchoires ralentissent et on les voit faire de gros efforts pour avaler. Enfin, ils sont exaequo après le cinquième. On leur en présente un sixième. Woods l'empoigne comme s'il était affamé. C'est une question de stratégie afin de démoraliser son adversaire. Georges saisit avec dédain son sixième, en prend une bouchée qu'il ne parvient absolument pas à avaler. Il la recrache sur la table au dégoût de la foule. Ses partisans l'enjoignent en vain de continuer. Woods, voyant venir la victoire, se lève, desserre sa ceinture de trois crans, laisse s'échapper un formidable rot, puis se rassied et mange la moitié de son hamburger. Voyant que Georges a abandonné et qu'il est maintenant le gagnant, il s'arrête et lève les bras au ciel en signe de victoire. Ses amis l'acclament avec frénésie, tandis que ceux du vaincu, penauds, accompagnent Georges vers l'extérieur.

Des sirènes stridentes se font entendre et deux autos patrouille font irruption dans la cour. Trois policiers se précipitent dans le restaurant et se dirigent vers la table de Chunky qui semble calme comparé à ses comparses qui veulent s'échapper.

— C'est une descente. Que personne ne bouge, jappe le policier qui a pris le commandement.

En un éclair, Chunky est assailli et fouillé de la tête aux pieds. Rien. On fouille à nouveau avec plus d'attention. Toujours rien.

— Amène-toi, tu viens au poste avec nous, ajoute le commandant, tandis que ses deux compagnons d'armes empoignent Chunky et l'entraînent déjà vers leur voiture.

Les amis louches de Chunky sont livides de peur. Le sergent les regarde en leur disant :

— On vous a à l'oeil. Tenez-vous éloignés de la drogue ou vous aurez affaire à nous.

Un silence de mort a régné dans tout le restaurant durant cette brève descente. Aussitôt la porte refermée, les jeunes, silencieux l'instant d'avant, se mettent à parler tous ensemble, exprimant leur opinion pour ou contre cette tactique policière. Personne n'est demeuré indifférent. Chacun prétend avoir quelque secrète information en ce qui concerne les agissements de Chunky. Dans quelques heures, toute la ville parlera de l'événement et l'on pourra entendre des versions plutôt surprenantes des faits.

De son côté, Woods, mécontent que cette intrusion spectaculaire lui ait enlevé la vedette, jette un cri :

— Moi, j'ai faim. Qu'est-ce qu'il faut faire pour obtenir du dessert?

— Ici Woods! Chunky est parti un peu vite et n'a même pas touché à sa tartelette aux pommes.

Ce disant, un drôle lui tend le dessert délaissé et, comme s'il mangeait pour la première fois de la journée, Dubois l'avale gloutonnement.

Soudain, il est comme foudroyé sur place, les yeux hagards, puis s'écroule sur le plancher, saisi de violentes convulsions.

Les clients s'éloignent de lui en jetant des cris d'horreur.

— Vite! qu'on appelle une ambulance.

Un homme s'approche et se penche sur le malade. Il lance un ordre :

— Hélène, va vite chercher ma trousse dans l'auto.

La dame s'élance vers l'extérieur.

— C'est le docteur Babin, fait remarquer Diane, qui se sent rassurée par cette présence.

Pendant que le médecin prodigue des soins d'urgence à Woods, l'ambulance arrive sur les lieux et emmène le héros à l'hôpital.

Quelques heures plus tard, une nouvelle surprenante circule. Dubois a été victime d'une surdose de drogue. L'enquête de la police en déduit que la drogue qu'on n'avait pas trouvée lors de la descente avait été dissimulée par Chunky dans la tartelette aux pommes. Le pauvre Woods, bien innocent de la chose, a été la victime du subterfuge.

* * *

Après une journée aussi fertile en émotions, les employés ne sont pas fâchés de fermer. Guylaine, Lynn, Christian et Chink arrivent à cette heure tardive. Fidèles au rendez-vous, ils descendent au sous-sol pour la suite de la réunion de la veille au soir.

Chink a la mine réjouie. De son côté, l'air morose de Guylaine témoigne de l'état de choc résultant de sa mésaventure du jour précédent.

— Commençons la réunion, ordonne Chink. Ce matin, grâce au bon travail de Lynn, nous avons reçu de son père les noms et adresses de cinq suspects possibles de l'agression d'hier soir. Ce sont les propriétaires de motos bleues dont les plaques d'immatriculation commencent par « T ». Ceux-ci demeurent au nord de la ville. Aujourd'hui, Joël, Christian et moi-même sommes allés voir ces cinq individus et voici le résultat de nos enquêtes. Christian...

Christian se lève et, très sérieux pour une fois, donne un compte rendu de ses trouvailles.

— J'avais deux personnes à rencontrer pour leur faire remplir mon formulaire de sondage fictif concernant la popularité des motos. Mon premier nom, Julio Zappas, a été facile à éliminer de la liste des suspects, car il est en prison depuis trois mois et n'a donc pas pu être ici hier soir. Mon deuxième, Henri Montherlin, est de langue française et droitier. C'est un garçon trapu ne mesurant pas plus de cinq pieds six. De plus, je l'ai rencontré au moment où il allait partir de chez lui à moto. Il portait un casque rouge ainsi qu'un blouson rouge et gris. Il ne peut donc pas être notre suspect, grand, mince, au casque noir. Nous en sommes donc réduits à soupçonner trois individus.

Fier de son travail, Christian semble néanmoins un peu déçu de n'avoir pu trouver le coupable.

— Merci, Christian. Tu as fait du bon travail. Pour ma part, poursuit Alcide, je suis allé chez Thomas Smith. Il est unilingue anglais et ne peut être notre suspect, puisque l'agresseur d'hier soir a parlé à Guylaine en français. Mon deuxième individu, Jean Dupras, est grand et mince, il parle français et il porte un casque et un blouson noirs. Toutefois, il ne boite pas et n'a aucune blessure à la main gauche... En passant, il est droitier.

Tous les regards se tournent donc vers Joël. Puisque quatre suspects sur cinq ont été éliminés, le dernier, si l'on n'a pas fait fausse route, doit être le coupable. Se sachant le point de mire, il prend son temps pour dévoiler ses découvertes.

— Vite Joël, dis-nous ce que t'as trouvé, s'exclame Mich, impatiente.

— Alcide m'avait chargé d'enquêter auprès de Pierre Blondin puisque c'est un élève de votre école. Ainsi, il ne me connaît pas et ne pouvait se douter de mes intentions lors de mon sondage. À mon désavantage, je n'ai pu voir son casque et son blouson noir, puisque je l'ai trouvé étendu au soleil en maillot de bain auprès de la piscine.

Joël s'arrête pour laisser languir son auditoire.

— Dis-nous ce que tu as trouvé, pour l'amour du ciel, s'exclame Lynn exaspérée.

Joël reprend lentement, préparant bien les données de son enquête.

— En effet, Pierre Blondin est grand, mince et parle français. J'ai aussi remarqué qu'il avait deux grosses ecchymoses à la jambe droite. Quand il a pris le crayon pour remplir la feuille de sondage, il a écrit de la main gauche mais avec quelque difficulté, ayant l'index entouré d'un pansement... De toute évidence, il avait une blessure à ce doigt...

Un murmure parcourt l'assemblée. Bientôt ce murmure se change en éclats de voix frénétiques. On a trouvé le coupable !

— Silence ! Silence ! fait Chink.

Lentement, ils reviennent au calme.

— Dès que Joël m'a eu rendu compte de ses constatations, cet après-midi, je suis allé faire le guet dans la rue du suspect. Enfin, vers six heures, je l'ai vu partir de chez lui à moto. Il portait un pantalon, un blouson et un casque, tous noirs. Je crois donc que nous pouvons presque en déduire qu'il est le coupable de l'agression d'hier.

— Qu'est-ce que tu veux dire par « presque », interroge Christian. C'est évident qu'il est le coupable.

— Bien, oui et non. Devant les tribunaux, il ne pourrait être condamné avec si peu de preuves. Avant de le confronter et de l'accuser, il nous en faut davantage. J'ai un plan que je ne peux vous dévoiler maintenant. S'il réussit, demain nous saurons avec certitude si Blondin est vraiment notre coupable...

— Quel est ton plan Alcide ?

— Il serait mieux pour m'assurer de son succès que je ne le dévoile pas ce soir. Si vous en voulez les résultats, rendez-vous demain à cinq heures devant le cénotaphe du soldat inconnu où je vous en communiquerai le dénouement. Et surtout, pas un mot à personne ; autrement le tout pourrait être compromis. À demain !

L'équipe se disperse. Puisque Chink a si bien mené la recherche jusqu'ici, pourquoi ne pas lui faire confiance jusqu'à demain ?

Chapitre XI

LA VÉRITÉ EN CAPSULE...

— ALCIDE, es-tu certain que tout est prêt ? Ça me rend nerveuse !

— Cesse de t'inquiéter pour rien, Diane.

— Qu'est-ce qui va se passer si un concierge survient ?

— Ils sont occupés à laver le plancher du gymnase à l'autre bout de l'école et, à cette heure-ci, les secrétaires sont sorties dîner. Ne t'en fais pas, j'ai tout prévu. Blondin a bien dit qu'il serait ici à midi précis ?

— Oui. J'ai imité la voix de la secrétaire, mademoiselle Ducas, et j'ai dit du ton le plus sec possible : « Pierre Blondin, nous avons une grave difficulté concernant ton horaire. Si tu veux un horaire qui a du bon sens en septembre, viens à midi précis à la salle des ordinateurs pour le régler. Tu y seras, n'est-ce pas ? »

— Qu'est-ce qu'il a répondu ?

— Qu'est-ce qu'on répond à Ducas sinon : « Oui mademoiselle, je serai là à midi juste ».

— Bon ! quand il arrivera, Joël et Christian, ne vous montrez pas. Restez cachés. Toi, Diane, tu l'accueilleras à la porte. Dis-lui que tu travailles à la préparation des horaires. Conduis-le jusqu'à la chaise qu'on lui a préparée, puis nous ferons le reste. Toi, tu surveilleras le corridor par cette vitre-ci. Si quelqu'un vient, tu nous en avertis. Compris ?

— Oui. Ça me rend nerveuse quand même. Mais dis-moi, comment as-tu obtenu la clef de cette classe ?

— Durant l'année scolaire, monsieur Vincent me prêtait la clef du local, car je venais souvent à l'heure du dîner pour jouer avec le nouvel ordinateur. Ça faisait son affaire, car il m'arrivait de surveiller les neuvièmes qui venaient parfaire leurs projets tandis qu'il allait fumer au salon des professeurs. Ainsi, j'ai eu l'idée de me faire faire une clef pour moi tout seul. Il faut se débrouiller dans la vie...

Dévoilant son astuce, Chink fit entendre son rire cacophonique. Puis il s'arrêta net de crainte qu'on l'entende.

— Bon, c'est presque l'heure. Cachons-nous. Toi Diane, va l'attendre près de la porte. Ne te fais pas voir.

— D'acord, mais je n'aime pas ce risque.

— Ça ira, ça ira !

Vers midi moins cinq, on entendit des pas résonner sur le faux marbre du grand corridor qui mène à la salle des ordinateurs. Pierre Blondin marchait seul dans ce couloir d'habitude bondé d'élèves.

À la porte, il hésita un instant, croyant s'être trompé. Seule une série de lumières étaient allumées dans cette salle assombrie. Diane s'approcha de lui, un sourire aux lèvres.

— Bonjour. Tu es Pierre Blondin ?

— Oui. J'ai rendez-vous pour midi.

— On t'attendait. Je suis Diane. Je travaille ici à temps partiel cet été pour aider mademoiselle Ducas à établir les horaires des élèves. Nous avons quelques complications avec le tien. Veux-tu me suivre à la salle de monsieur Vincent ? Mademoiselle Ducas s'y trouve.

Et, gracieusement, telle une hôtesse parfaite, elle conduit Blondin jusqu'à la petite salle, tout au fond de la pièce principale.

— Assois-toi ici un instant.

— Merci.

Ensuite, tout se déroula à la vitesse de l'éclair. Les lumières s'éteignirent et trois silhouettes se ruèrent sur Blondin. Sans qu'il sache ce qui lui arrivait, un ruban gommé lui scella la bouche au moment où des bras solides le retenaient par l'arrière. Le même ruban gommé immobilisait déjà ses poignets aux bras de la chaise; ses pieds ayant été soulevés brusquement, il serait tombé de cette chaise s'il n'avait pas été ligoté aux bras. Ses deux chevilles étaient déjà prisonnières, retenues par le ruban adhésif. Si rapide et inattendue fut l'opération, que Blondin se vit impuissant à se défendre. L'élément de surprise avait joué en faveur des assaillants. Les yeux effarés, Blondin tentait de discerner dans la pénombre ceux qui l'avaient si vite maîtrisé. Il aurait voulu crier à l'aide, mais le ruban sur sa bouche l'en empêchait.

Une lumière intense braquée sur son visage l'aveugla tout à fait quand Chink, placé derrière, lui dicta ses ordres.

— Nous avons quelques petites questions à te poser à propos de ton escapade de mardi soir au Restovite. Nous allons t'enlever ton bâillon de la bouche. Gare à toi si tu cries, car alors tu ressentiras une désagréable sensation... pour peu de temps, hélas !

Joël s'avança derrière le détenu et décolla lentement le ruban gommé de sa bouche, le laissant pendre d'un côté, prêt à le remettre rapidement au besoin.

Blondin, foudroyé, demeura coi. Il régnait un tel silence qu'on entendait le ronronnement des ventilateurs. Chink poursuivit :

— Où étais-tu mardi soir vers minuit ?

— Chez moi, couché, murmura Blondin.

— Serais-tu somnambule ?

— Non.

— Alors, pourquoi t'avons-nous vu au Restovite avec ta moto ?

— Vous vous êtes trompés, ce n'était pas moi.

— Si, nous en sommes sûrs !

— Alors, pourquoi m'interroger ?

— Parce que nous aimerions te l'entendre dire toi-même.

— Vous perdez votre temps, je n'avouerai pas...

Il s'arrêta, craignant d'en avoir trop dit.

— Si tu ne veux pas avouer, c'est donc que tu as quelque chose que tu pourrais nous avouer?

— ...

— Je n'avouerai rien!

— Nous avons des façons de délier les langues.

— Qui est « nous »?

— Nous, nous posons les questions; toi, tu réponds!

Restés derrière Blondin, Chink et Joël demeuraient incognito sous leur masque. Christian, lui, menait les appareils derrière le rideau.

Chink dicta :

— Commando « C », phase deux!

Au même moment, la lumière puissante braquée sur le visage de Pierre Blondin s'éteignit. Il demeura figé dans l'obscurité soudaine. Durant ce court laps de temps, des bruits insolites de déclics, de bouillonnement et d'appareils électroniques bizarres se firent entendre. On aurait pu se croire dans le laboratoire de quelque savant maléfique. Le captif sursauta et poussa un grognement sourd quand il sentit un objet semblable à une casquette métallique lui couvrir le dessus de la tête. Énervé par ce contact, il s'écria :

— Qu'est-ce? Qu'allez-vous me faire?

Blondin tenta de bouger, mais il était si solidement ligoté qu'il en fut incapable. Au même moment, on lui colla le ruban adhésif sur la bouche. Le bouillonnement se fit entendre de nouveau et une odeur âcre se répandit dans la salle. Ceci ne fit rien pour rassurer Blondin qui suait maintenant à grosses gouttes.

Au même moment, une projection de formes psychédéliques et de couleurs phosphorescentes apparurent sur le rideau devant Blondin. Des images en distorsions visuelles jaillissaient avec une rapidité inouïe. Des cercles concentriques tournèrent devant ses yeux déjà surexcités. Il commençait maintenant à sentir la panique le gagner et les secousses de sa chaise témoignaient de ses efforts pour se dégager. Non, rien à faire... il était si impuissant devant ses adversaires qu'il cherchait maintenant dans son esprit un moyen de s'en sortir, plutôt que de les braver comme au début.

Soudain, le jeu s'arrêta et un silence absolu, aussi effrayant que le tintamarre de tantôt remplit la pièce. D'un coup brusque Chink décolla le bâillon de la bouche de Blondin et commanda.

— La capsule !

La terreur s'empara du captif durant le court moment d'attente. Comme il allait ouvrir la bouche pour crier, Chink lui introduisit une petite capsule dans la bouche puis recolla le ruban gommé. Silence absolu... puis après quelques secondes on entendit grogner Blondin. La capsule s'était vite dissoute dans sa bouche. Le goût violent de son contenu semblait avoir donné à Pierre Blondin la peur de sa vie; il ignorait la nature de la substance qu'on le forçait à avaler.

De leur côté, Chink et Joël riaient dans leur barbe sachant que la capsule inoffensive ne contenait que trois gouttes de vinaigre assaisonné d'un grain de paprika. Mais on avait fait croire au pauvre Blondin qu'il s'agissait du pire. Son esprit survolté devait se figurer une drogue capable des effets les plus terribles.

D'autres images réapparurent, aussi bizarres que les premières, de distorsions acompagnées de bruits insolites. Blondin était maintenant au paroxysme de la frayeur et craignait pour sa vie, jouet impuissant aux mains de ses bourreaux.

Le jeu s'arrêta à nouveau et on braqua la lumière aveuglante du début sur le visage de Blondin. On lui enleva le bâillon. Abasourdi, il ne bougeait plus, fasciné par cette lumière puissante.

Joël questionna :

— Où étais-tu mardi soir à minuit?

— Chez moi.

— Tu mens! Où étais-tu?

— Je ne dirai rien, rien! Tu m'entends, rien!

— Tu as tort de refuser de parler. Nous n'avons que commencé à te torturer. La capsule que tu as avalée tout à l'heure fera bientôt effet et tu auras tellement de douleur que tu te feras un plaisir de nous répondre.

À ces mots, Blondin, jusque-là plutôt téméraire, se mit à trembler de tous ses membres. C'était le moment ou jamais de le faire parler. Joël commençait un peu à douter de l'efficacité des méthodes de Chink. Celui-ci reprit :

— Nous savons que tu étais au Restovite mardi soir. Tu conduisais ta moto bleue, plaque d'immatriculation T-2817. Un témoin a pris ton numéro, comme tu peux le constater. Tu étais vêtu tout de noir et tu portais ton casque noir. Tu t'es caché dans l'entrepôt à l'arrière du restaurant et lorsque Guylaine y est allée, tu l'as empoignée par le cou et tu l'as effrayée de ton mieux. Mais la petite était plus forte que tu ne le croyais. Elle t'a frappé à la jambe droite. Voyons donc...

Joël se penche, remonte le pantalon de la jambe droite de Blondin et constate deux gros bleus. Il les tâte de son index. Blondin réagit à la douleur de ce contact.

— C'est douloureux, n'est-ce pas? Puis, la petite t'a mordu à la main gauche. Voyons ça aussi.

Joël observe la main gauche de Blondin. Il enlève le large diachylon qui recouvre son index.

— Eh bien! regardez donc les traces de dents encore imprimées dans ce doigt.

À ces mots, il presse les blessures et Blondin sursaute vivement.

Chink continue son récit :

— Lorsque Guylaine te mord, tu la relâches et elle crie. Là, effrayé, tu te sauves.

Comme tu peux le voir, tu n'as vraiment rien à nous avouer, nous savons tout ce que tu as fait. Avec ces preuves et le témoin qui a pu retenir l'immatriculation de ta moto, nous n'avons qu'à te remettre à la justice. Les policiers auront tout ce qu'il faut pour porter des accusations d'agression contre toi.

Il s'arrêta pour laisser ces preuves écrasantes affaiblir la résistance du coupable.

— Mais nous ne passerons aux actes que si tu nous pousses à le faire, c'est-à-dire si tu ne nous donnes pas l'information que nous recherchons.

— Oui, un tout petit bout d'information, reprend Joël en mettant sa lourde main sur son épaule.

— Quoi? Que me voulez-vous?

Ces mots indiquaient que la résistance de Blondin fléchissait. Devant les preuves irréfutables avancées contre lui, il cherchait à s'en sortir. Chink regarda Joël en signe de victoire. On le tenait maintenant! Il reprit :

— Nous aimerions savoir pourquoi tu t'es prêté à ces bassesses et qui t'a poussé à le faire?

— C'est tout?

— Oui, c'est tout. Rien que ça. C'est facile à dire et puis tu repars comme tu es venu. Pas de torture, pas de police, c'est fini.

— Comment savoir que vous me dites la vérité ?

— Es-tu dans une position pour négocier ?

Cette question simple mais lourde de logique assomma Blondin. S'il avouait, c'était fini. Finie la peur de l'inconnu. Il reprend, la voix tremblante :

— Et la capsule de tout à l'heure ?

— Aussitôt que tu avoueras, nous te donnerons l'antidote qui la neutralisera. Plus tu tarderas, plus l'effet progressera, plus il sera difficile à l'antidote de la neutraliser...

— « O.K. ! » je parle. Vous me relâcherez ensuite ?

— Tout de suite après... mais surtout pas de petits mensonges, autrement, nous savons où aller te chercher pour te faire repasser ce petit test. C'est presque dommage que tu n'en aies subi que l'introduction...

— Non, non ! Soyez sans crainte, je dirai la vérité.

— Qui et pourquoi ? c'est tout, reprit Chink, laconique.

— C'est ma cousine Marcelle Martel, qui travaille au Restovite, qui m'a demandé de jouer ce petit tour à Guylaine.

— Pourquoi ?

— Elle ne m'a pas trop donné d'explications, mais elle m'a tout simplement dit la détester. Marcelle espérait lui faire une telle peur que Guylaine ne voudrait plus travailler au restaurant.

— Et toi, qu'en as-tu retiré de ce petit tour, à part des bleus et des morsures ?

Blondin hésita, puis déclara :

— Cinquante dollars et...

— Et.. ?

— Et une caisse de bière !

— Judas ! Tu t'es vendu pour ça ! s'écrie Joël.

— Maintenant l'antidote, vous me l'avez promis, reprend Blondin craintif devant Joël enragé.

Chink s'efforce de ne pas rire afin de ne pas découvrir son anonymat. Il explique :

— Voici l'antidote. Avec ça les effets déclenchés seront juste assez forts pour stimuler ton cerveau ramolli. Bon ! écoute bien. Nous allons te relâcher. Pas un mot à ta cousine ni à la police, ni à personne ! Autrement, nous finirons nos expériences sur toi à un autre moment. À l'instant où je dirai « go », tu auras trente secondes pour quitter l'école, sauter sur ta moto et sortir de notre vie pour toujours. Tu pourras retourner chez toi prendre une petite bière... je crois que tu en as besoin, tu as perdu beaucoup de sueur durant notre entrevue. Compris ?

— Compris !

Déjà, Joël délie le captif. Quand il est détaché, Chink crie :

— « Go ! »

Tel un lièvre apeuré, Blondin s'enfuit en renversant sa chaise, fonce dans la salle connexe, puis détale en trombe dans le corridor qui mène à la cage d'escalier qu'il descend trois marches à la fois. Diane, Chink, Joël et Christian, placés à la fenêtre, le voient sortir en courant dans la cour de l'école, enfourcher sa moto et démarrer à une vitesse digne d'un départ de course professionnelle.

Le quatuor éclate de rire en se donnant des claques dans les mains à la façon toute américaine.

— Nous l'avons eu ! Il a chanté comme un pinson ! crie Joël.

Chink, de son côté, laisse s'échapper son rire énorme. Diane et Christian sautent sur place et se donnent des accolades.

— Bon ! commande Chink, responsable du scénario. Il faut faire le ménage.

Les complices redeviennent sérieux, chacun défait ses instruments et range le bureau afin que tout soit comme si personne n'y était entré. Cinq minutes plus tard, ils partent, chacun de son côté, pour ne pas éveiller les soupçons et la pièce revient au calme plat si commun à toutes les écoles durant les mois d'été.

* * *

Tel que prévu, les jeunes employés du restaurant attendaient le quatuor devant le cénotaphe à cinq heures précises. C'est avec beaucoup d'enthousiasme que les justiciers mirent les autres au courant de leur victoire acquise grâce à leur astuce. La jubilation sur les visages éclatait à la nouvelle que Marteau était bel et bien derrière ce coup monté.

— Il faudrait lui faire entendre nos témoignages, dit Joël qu'indignait la bassesse de son ex-fiancée.

— Oui, et ce soir même, après la fermeture.

— Soyez tous là ce soir à minuit trente, lança Chink.

* * *

La veillée se passa sans incidents, mais une atmosphère bizarre régnait au restaurant. Marteau allait et venait, cherchant quelque tort à reprocher aux jeunes travailleurs, souvent espiègles. Or ce soir-là, un sérieux inaccoutumé présidait aux besognes routinières. Ils parlaient peu mais une communication, une connivence certaine les unissaient. Marteau s'en trouva fort mortifiée; pourtant, au point de vue du travail, rien à reprocher à ces modèles d'efficacité. Guylaine, que Marcelle guettait d'une façon particulière, ne dérogeait pas d'un poil aux exigences sévères de la gérante. Cette ambiance rendait Marteau mal à l'aise. Quelque chose lui échappait. Discrète, elle tendait l'oreille, essayant de capter des bribes de conversation qui lui serviraient à éclaircir cet air de mystère.

Enfin minuit; la fermeture. L'atmosphère s'alourdit pendant qu'on procède au récurage. Des regards complices circulent de l'un à l'autre à l'attente du message de Joël qui annoncerait bientôt une réunion d'urgence. À minuit vingt-cinq, une auto arrive devant la porte principale. Cinq employés qui n'étaient pas au travail pour le quart de fermeture en sortent et se dirigent vers la porte.

— Nous sommes fermés. Allez-vous-en ! leur crie Marteau de sa voix autoritaire.

Aucun ne bouge.

Joël s'approche de la porte et dit à la gérante de façon sèche :

— Ils ont été convoqués à une réunion d'urgence à la salle du personnel.

Et, sans rien ajouter, il déverrouille la porte pour laisser entrer les cinq adolescents tendus.

Joël crie :

— Tout le monde en bas pour la réunion.

La bande est à la fois inquiète et soulagée que l'heure soit enfin arrivée. On s'entasse dans la petite salle du personnel.

Marteau suit, de plus en plus soupçonneuse. Elle a bien lu sa note de service de la semaine. Pourtant, aucune réunion n'a été prévue. En outre, les réunions ont toujours lieu à huit heures, même les réunions d'urgence.

Lorsqu'elle entre dans la salle, la dernière, tous les regards sont braqués de son côté. Elle sent s'appesantir sur elle encore davantage la haine générale.

Joël prend la parole :

— Il y a deux jours, Guylaine était victime d'une agression de la part d'un individu, au moment où elle allait porter des ordures à l'entrepôt. Cette agression nous semblait sans raison apparente. Toutefois, Guylaine, nous tes amis avons mené notre petite enquête pour éclaircir cette énigme, et nous l'avons élucidée.

À ces mots, Marteau, jusqu'alors sur les épines, prononce :

— Eh bien ! moi, vos petites enquêtes puériles ne m'intéressent pas. Si ce n'est pas une réunion d'urgence officielle, je me retire.

— Je crois au contraire, répond Joël, que cette petite enquête va t'intéresser au plus haut point. Tu reconnaîtras même un certain nom qui t'est bien connu... de la parenté même...

— Je pars ! répète Marteau.

— Tu restes ! clame Chink campé devant la porte comme une sentinelle.

— Reste, ajoute Micheline, tu trouveras ça intéressant !

— Oui reste ! lancent plusieurs employés.

— Du calme ! du calme ! tout le monde, lance Joël devant le groupe maintenant surexcité. Nous allons poursuivre cette réunion dans le calme. Rappelons-nous que si d'autres ont manqué de dignité, nous nous devons de garder la nôtre.

Il s'arrête un instant, pour donner le temps aux esprits de se ressaisir et de redevenir plus sereins. Il poursuit :

— Marcelle, nous avons eu l'honneur de rencontrer ton cousin Pierre Blondin. Bien que peu loquace, il nous en a assez dit pour que nous sachions que c'est toi, toi Marcelle Martel, qui l'as payé pour attaquer Guylaine dans le but de la faire démissionner. Nous connaissons ta jalousie envers Guylaine et la haine que tu lui voues depuis son entrée ici, et surtout depuis les événements que tu sais...

— Jamais ! ce n'est pas vrai ! Tu inventes pour te venger de moi ! Je n'ai jamais fait ça !

Hors d'elle, Marcelle crie sa défense à son accusateur. Si rouge est son visage qu'on pourrait croire qu'elle va éclater comme une bombe.

— Nous nous attendions à ta réaction, Marcelle. C'est pourquoi nous aimerions te faire entendre un petit enregistrement.

Chink quitte son poste de sentinelle et s'affaire. Bientôt, une voix angoissée se fait entendre au magnétophone.

— *Qui et pourquoi? c'est tout.*

— C'est ma cousine Marcelle Martel, qui travaille au Restovite, qui m'a demandé de jouer ce petit tour à Guylaine.

— Pourquoi?

— Elle ne m'a pas trop donné d'explications, mais m'a tout simplement dit la détester. Marcelle espérait lui faire une telle peur que Guylaine ne voudrait plus travailler au restaurant.

— Et toi, qu'en as-tu retiré de ce petit tour, à part des bleus et des morsures?

— Cinquante dollars et...

— Et..?

— Et une caisse de bière!

— Judas! Tu t'es vendu...

Chink arrête brusquement le magnétophone. Il se retourne vers Marcelle et dit :

— En as-tu assez entendu ou veux-tu en entendre davantage?

On regarde Marcelle, maintenant pleine de confusion devant une preuve aussi irréfutable. Vive comme l'élair, elle bondit de son siège et prend la porte comme un coup de vent. Christian et Diane vont s'élancer à sa poursuite lorsque Joël crie :

— Laissez-la s'enfuir! C'est le meilleur aveu qu'elle puisse nous faire.

— Et après ? Qu'est-ce que ça changera ? questionnne Lynn.

— Après ? Après ce soir, pensez-vous qu'elle pourra garder son emploi ici ? Non ! Laissez-la, elle est assez punie comme ça.

Le calme revient quelque peu dans la salle.

— Tu as raison Joël, reprend Guylaine. Elle sera assez punie comme ça. Au fond, je ne lui en veux pas. Je crois qu'elle fait trop pitié pour qu'on lui en veuille.

Des remarques plus ou moins conciliantes se font entendre dans la salle qui a été témoin d'un drame saisissant.

Chapitre XII

ALLÔ À L'EAU

PENDANT les quelques jours qui suivirent, personne du restaurant ne vit ou n'entendit parler de Marcelle. En gentilhomme, Joël organisa l'horaire afin que son absence coïncide avec les jours de congé qui lui étaient dus.

Ce n'est que la semaine suivante que Joël reçut officiellement la nouvelle des autorités : « Mademoiselle Martel a été mutée à une succursale de la ville voisine, à sa demande expresse. » Du même coup, Joël devenait le patron du restaurant, à la grande satisfaction de tous les jeunes employés qui avaient appris à admirer sa loyauté et à partager son amitié si chaleureuse.

Après leur quart, Guylaine et Joël, par cet après-midi de juillet, se rendent à la plage. Ils sont visiblement soulagés par le dénouement de l'affaire Marteau. Enfin, elle ne viendra plus s'immiscer entre eux. Ils pourront maintenant jouir en paix de leur amour.

Le vieux tacot vert de Joël file rapidement. Les scènes du fleuve Saint-Laurent se déroulent sous leurs yeux. Assise tout près de Joël, Guylaine chantonne le dernier succès du palmarès américain qui passe à la radio. Ses mèches de cheveux bruns volent au vent. Joël glisse son bras autour de ses épaules et la serre tendrement contre lui. Elle reste là, toute heureuse dans cette étreinte.

— C'est étrange, dit Joël, cette voiture bleue me suit depuis notre départ du restaurant.

Guylaine se retourne, l'observe, puis répond :

— Connais pas. Sans doute qu'ils s'en vont à la plage aussi.

— Nous arrivons. Veux-tu chercher dans la boîte à gants mon permis de saison ? J'ai l'intention de venir ici souvent cet été.

— Et moi ?

— Avec toi, bien sûr !

Il la baise sur les cheveux. Des rayons de soleil jouent dans sa chevelure et lui donnent une teinte châtaine. Le klaxon de l'auto, derrière eux, ramène Joël à la réalité. Il s'avance au guichet, montre son permis et voilà qu'il s'en va vers la plage.

— L'auto bleue n'est plus là, fait remarquer Joël. Après tous les incidents bizarres des dernières semaines, je commence à souffrir de paranoïa.

Il gare sa voiture dans le terrain de stationnement voisin de la plage.

— Qu'il fait chaud ! dit Guylaine. Je vais dans l'eau tout de suite pour me rafraîchir.

Le couple se dirige vers les vestiaires et en ressort bientôt en maillot de bain.

— Le dernier à l'eau est un œuf pourri !

Tous deux courent à toutes jambes vers le fleuve en riant joyeusement.

Bien que l'eau soit froide, par contraste avec la température de l'air, Joël, le plus rapide, plonge. Guylaine, vaincue, se contente d'entrer avec lenteur afin de laisser son corps goûter la fraîcheur progressive. La jeune fille est bientôt acclimatée à l'eau du fleuve et les deux jeunes gens se baignent quelques instants puis s'allongent en eau peu profonde, laissant les vagues ballotter leurs corps appesantis par la fatigue du travail et le poids de la chaleur.

— Allons sous ces arbres. Il fait trop chaud pour s'étendre sur la plage au grand soleil.

Sans rien ajouter, ils se dirigent vers une petite colline tout ombragée d'érables. Des taches de soleil brillent par terre tels des écus d'or. Tout est calme. À plusieurs reprises, on entend la longue lamentation de la cigale en cette journée de chaleur intense.

Par terre, Joël et Guylaine étendent une couverture doublée de leurs grandes serviettes sur lesquelles ils s'allongent.

Couchée sur le dos, Guylaine admire les cîmes des grands érables qui semblent voguer, comme des bateaux sur l'océan de l'azur.

Joël s'approche, l'enlace de ses bras musclés et la regarde droit dans les yeux. Immobiles, ils sont d'un sérieux inaccoutumé. Une conversation sans mot est engagée par le couple amoureux. Leurs lèvres s'effleurent puis s'unissent en un baiser qui exprime plus que tous les mots d'amour...

— Ah ! Joël. Heureusement que tu étais à mes côtés lors des épreuves que j'ai subies cet été. Quand j'ai été hospitalisée, j'étais tellement déprimée que, sans toi, j'aurais eu de la difficulté à me rétablir. Puis, après l'agression de Blondin, j'ai passé quelques jours très pénibles aussi. Tu étais toujours là pour me soutenir. Maintenant, en paix, je peux m'abandonner à notre amour pour la première fois.

— Ce fut facile de t'aider puisque je t'aimais, Guylaine. Quel heureux contraste entre toi et Marcelle. Je me demande souvent comment j'ai pu l'aimer, elle.

— Ne parlons que de nous. Tout peut s'écrouler, ça m'est égal. Ce qui compte, c'est nous deux.

Joël sourit à cet aveu si sincère. Il peigne de ses doigts les cheveux de son aimée, puis l'embrasse de nouveau.

Les deux amoureux sursautent en entendant un bruit près d'eux. À quelques pas, deux individus, tout vêtus de noir, cagoule sur le visage, les observent sans dire un mot.

Guylaine n'a qu'un cri alors que Joël bondit sur ses pieds prêt à toute éventualité.

— Que voulez-vous? lance-t-il.

Sans répondre, les deux cagoulards s'avancent d'un pas lent vers eux. Guylaine, effrayée, est debout. Ses doigts crispés tiennent sa serviette de bain. Elle fixe les deux individus muets qui s'avancent toujours. Joël, lui, lève les bras à la façon des combattants de karaté, écarte les jambes et, à demi retourné, présente sa hanche gauche aux assaillants.

— Recule derrière moi, Guylaine.

D'un pas sûr, Joël s'avance à la rencontre des agresseurs. Le plus costaud lui lance un coup de poing que Joël bloque d'un mouvement circulaire de son bras gauche. Les deux belligérants se font face de nouveau. Joël l'attend dans sa position de défense. Le deuxième assaillant s'écarte quelque peu. Il semble vouloir s'en prendre à Guylaine qui fond de frayeur. Joël, qui voit le danger pour Guylaine, se range à gauche pour faire face aux deux attaquants simultanément. Le premier lance un autre coup de poing. Cette fois-ci, Joël d'un mouvement souple se retourne, laisse le coup fendre le vide à gauche de sa tête. Se servant de cet élan, il empoigne le bras de son adversaire et le projette par-dessus sa hanche. L'assaillant virevolte dans l'air pour retomber lourdement sur le dos. Joël tient toujours son bras. D'un coup de talon sec au plexus solaire, il maîtrise son adversaire qui se roule de douleur, le souffle coupé. Vif comme un chat, Joël se retourne vers l'autre cagoulard qui allait s'attaquer à

Guylaine. Celui-ci est moins grand et beaucoup plus svelte. Joël lance le cri des adeptes des arts martiaux et surprend son adversaire qui s'immobilise un instant. Puis, se ressaisissant, l'agresseur projette un coup de pied vers Joël. À l'instant où il passe à son côté, ce dernier lui assène un coup de poing au flanc en même temps qu'un croc-en-jambe. Le cagoulard s'écroule dans un grognement sourd. Guylaine secoue sa torpeur et s'élance sur la dernière victime pour la retenir, tandis que Joël en fait de même pour la première qui a grand peine à respirer.

— Nous allons bien voir qui nous aime tant, lance-t-il.

D'un coup, il lui arrache sa cagoule. Guylaine en fait de même avec l'autre.

— Eh bien ! et dire que ce sont nos deux amis : cousin, cousine, Blondin et Marteau ! s'écrie Joël sarcastique.

Guylaine, la voix tremblante, crie à Marcelle en la secouant violemment :

— Vas-tu nous laisser tranquilles ! Ne comprends-tu pas que c'est fini entre Joël et toi ?

Tordue de douleur, Marcelle ne répond pas.

Joël, penché sur Blondin qui reprend son souffle, ajoute :

— J'ai été gentil cette fois. Je n'ai fait que me défendre sans malice. Si tu recommences, alors, je vais me fâcher et vraiment te démolir.

Les deux vaincus se relèvent péniblement. Blondin se frotte l'estomac tandis que Marcelle, pliée de côté, porte les mains à son flanc. Blondin crie :

— Sauvons-nous !

En un instant, ils s'enfuient à travers les broussailles en clopinant comme deux lièvres blessés. Joël les regarde aller sans bouger. Instinctivement, il lance un cri de victoire qui témoigne de son soulagement.

— Où as-tu appris à te défendre ainsi? demande Guylaine, impressionnée.

— J'ai une ceinture brune en jiu-jitsu du club d'art martial Kai-Yen. Tu sais, celui à l'angle des rues Walter et Quatrième. J'ai suivi ces cours pour m'amuser, sans vraiment croire que cet art me serait utile un jour. Nous aurions pu passer un mauvais quart d'heure aux mains de ces deux maniaques.

— Oui. Je crois qu'ils ont reçu leur leçon cette fois et qu'ils ne recommenceront plus. Mais, j'ai eu si peur...

Tout en continuant à commenter l'agression, les deux jeunes gens retournent s'asseoir sur leur couverture.

— Tu es très courageux, Joël. Je me sens en sécurité avec toi.

Enorgueilli d'un tel compliment, Joël l'enlace et l'embrasse. Puis, il ajoute :

— Tu es une fille merveilleuse, Guylaine, et tu portes le plus beau maillot de bain. Il est tout à fait neuf. Allons le mouiller pour la peine, afin de s'assurer qu'il soit bien baptisé.

— Je n'ai plus envie de me baigner après cet incident.

Guylaine est toute tremblante. Elle ne peut chasser de son esprit le combat dont elle vient d'être témoin.

— Je crois que nous devrions rentrer. Ce sera l'heure du souper bientôt et papa déteste que je sois en retard.

— Partons alors, dit simplement Joël, sympathique aux sentiments de son amoureuse.

La randonnée de retour est plus tendue que celle de l'aller. Sans cesse, Guylaine revient sur l'agression et évoque chaque geste, chaque impression ressentie.

Revenue au restaurant, elle prend sa bicyclette et file vers chez elle. Chemin faisant, elle ne peut s'empêcher de revoir son héros maîtriser ses deux adversaires avec tant de facilité. Elle s'est remise de sa frayeur et maintenant elle savoure la victoire ainsi que les gestes d'amour de Joël.

Lorsqu'elle entre à la maison, son père la questionne :

— Je croyais que tu finissais à trois heures? Il est presque cinq heures...

— Sylvie est malade et n'a pu travailler. On m'a demandé de la remplacer jusqu'à quatre heures trente.

Sans rien ajouter et sans regarder son père à qui elle ment, Guylaine monte les escaliers deux par deux. Sa mère dit :

— Fais vite, Guylaine, le souper est presque prêt.

— Oui maman! Je me hâte.

La sonnerie du téléphone se fait entendre.

— Guylaine, c'est pour toi crie sa mère.

Au pas de course, elle est déjà redescendue. Après quelques mots au téléphone, elle demande, la main sur le récepteur :

— Maman, puis-je aller chez Bouboule ce soir? Elle organise un petit party pour célébrer la promotion de Joël comme gérant du Restovite.

— Qui est Bouboule? questionne le père.

— Laurette Larivière... tu sais, la fille du juge. Oui maman, il y aura des adultes responsables et plein de domestiques pour nous surveiller.

Guylaine ajoute ces précisions avec précaution, puisqu'elle sait bien que sa mère, comme toujours, n'acceptera qu'à cette condition.

— Qu'en penses-tu Paul? fait-elle.

Il se contente de secouer la tête affirmativement et de conseiller :

— De retour avant minuit!

Déjà Guylaine reparle au téléphone.

— Oui, j'irai. Où nous rencontrerons-nous?

Quelle question! Il n'y a qu'un endroit où se rencontrer : au Restovite, voyons donc!

Le souper est interrompu par d'innombrables appels téléphoniques, entre autres,

Debbie, Lynn et Diane. Les questions et les commentaires d'usage avant tous les partys d'adolescents : « À quelle heure? Où? Qui est invité et surtout qui ne l'est pas? », sans oublier la question cruciale : « Que porteras-tu ce soir? »

Avec impatience, le père de Guylaine sort pour piocher dans son jardin, loin du téléphone. Son épouse, qui comprend l'importance de ce petit rituel entre adolescents, s'y prête de bon coeur.

Enfin! Guylaine est prête. Qu'elle est heureuse d'étrenner son nouveau short blanc à bordure rouge et bleue et son gilet d'un rose éclatant de la dernière mode. Que dire de ses chaussures sport « Nikes » blanches décorées de rouge! Dans son petit fourre-tout rose à franges, elle apporte son maillot de bain jaune serin qui contraste si bien avec sa peau bronzée. Elle nage dans l'euphorie, la belle Guylaine. Elle a pu s'acheter des vêtements bien à son goût qu'elle a choisis elle-même. Tout est parfait, même ses boucles d'oreilles bien assorties.

À sept heures trente, elle file à bicyclette vers le restaurant.

Les invités au party arrivent, joyeux et excités. Ils parlent fort et s'accueillent avec frénésie. À son arrivée, Guylaine cherche de l'œil son éternelle amie, Mich.

— Oh! que tu es chic, s'exclame Sylvie qui aperçoit Guylaine.

Et la conversation roule sur leurs vêtements, tandis que les autres adolescents viennent se mêler à la discussion. Bientôt, Diane, Lynn, Debbie, Sylvie, Mich et Guylaine parlent toutes à la fois, parmi les rires animés.

Chink entre. On l'applaudit, lui, devenu le Sherlock Holmes du groupe. Pour les remercier de leur estime, il lance son rire le plus discordant, qui produit un écho terrible à travers le restaurant.

Christian, le bouffon, arrive. Il porte des lunettes affublées d'un nez et d'une moustache dignes de l'Halloween. Il est accompagné de Woods qui vient de quitter l'hôpital le jour même. Pauvre Dubois, il n'est plus que l'ombre de lui-même depuis qu'il a malencontreusement mangé sa tartelette... Pâle, amaigri, il entre et s'assoit, fatigué d'avoir marché jusqu'au restaurant. Guylaine lui paye une boisson gazeuse qu'il boit lentement...

Arrivent Joël dans son tacot bruyant et Bouboule dans la Cadillac noire de son père. Ils sortent en trombe vers les autos.

— Moi, dit Woods, je ne prends pas place dans le coffre aujourd'hui.

Quelqu'un rappelle le souvenir de Woods oublié dans le coffre de la Cadillac au cinéma.

— Non, non, répond Laurette, tu t'assois ici, devant, auprès de moi. Je sais prendre soin des convalescents, moi.

Les deux autos pleines à craquer partent vers la demeure de Laurette. Qu'on a hâte de retourner à ce château !

Arrivé, le groupe s'élance vers la cour arrière et s'installe sur les chaises matelassées autour de la piscine. Une musique bien à la mode provient des statues-microphones au grand plaisir des adolescents qui se lèvent et se mettent à danser. Deux domestiques sortent de petits chariots chargés d'amuse-gueule, de friandises et de boissons fraîches.

Malgré les recommandations à la prudence de ses médecins, Woods ne peut résister aux attraits d'une nourriture aussi exquise. Il s'emplit une assiettée fort respectable et revient s'asseoir pour la déguster.

Un feu pétille et plusieurs se font griller des guimauves au-dessus du braisier.

— Moi, je les aime bien cuites et fondantes, dit Guylaine qui laisse la sienne plus longtemps sur le feu.

Elle prend feu. Avant qu'elle n'ait pu l'éteindre, la guimauve est carbonisée.

— Je ne savais pas que tu mangeais du charbon, Guylaine, taquine Joël.

Les invités s'amusent, insouciants en cette belle soirée de juillet.

On entend des cris. Chink, agenouillé auprès de la piscine, éclabousse de sa main Guylaine et Joël qui dansent sur le patio. Son rire caverneux enterre la musique et témoigne du plaisir qu'il éprouve à son espièglerie.

— Arrête Chink ou...

Mais, Alcide, encouragé par la réaction qu'il obtient, éclabousse maintenant tout le monde. Les filles crient en s'éloignant. Il continue son petit jeu sans s'apercevoir que Christian arrive vers lui par derrière. En un tour de main, Christian pousse Chink tout habillé à l'eau. Guylaine s'est approchée et pousse Christian qui culbute à son tour dans la piscine.

Il n'en fallait pas plus ! C'est à voir qui pousserait qui à l'eau. Chacun crie en poursuivant une victime qu'il jette à l'eau. À la fin, Joël, le plus fort, lève les bras au ciel en signe de victoire. Tous sont dans la piscine sauf lui. Bouboule, qui était allée à l'intérieur, revient par derrière à ce moment et d'une poussée vigoureuse fait voler Joël à l'eau, mais pas avant que celui-ci ne l'ait saisie par un bras pour l'attirer avec lui.

Quel spectacle ! La piscine est remplie de jeunes tout habillés qui pataugent bruyamment.

Jacques, le vieux domestique qui en a vu d'autres, se contente de filmer la scène avec sa ciné-caméra.

Quel plaisir on aura à revoir ce film au prochain party !

FIN

Lexique

amadouer : *v.tr.* Apaiser, adoucir quelqu'un qui était hostile, un ennemi, par des flatteries adroites.

apothéose : *n.f.* Épanouissement sublime. Le plus haut point de la beauté.

assorti : *adj.* Qui va bien, qui s'accorde avec autre chose, avec quelqu'un.

astuce : *n.f.* Finesse à tromper quelqu'un; moyen employé pour y parvenir. (Syn. Ruse). Autres sens : moyen ingénieux; plaisanterie.

avoir du pain sur la planche : *(expression idiomatique)* Avoir beaucoup de travail devant soi.

badinage : *n.m.* Action de plaisanter, de s'amuser avec légèreté.

bâillon : *n.m.* Morceau d'étoffe que l'on met contre la bouche de quelqu'un pour l'empêcher de parler, de crier.

boute-en-train : *n.m. invar.* Personne qui met de l'entrain, qui apporte de la gaieté, de la bonne humeur.

bridé, ée : *adj.* Se dit des yeux dont les paupières sont comme étirées latéralement (tels les yeux des Orientaux).

cacophonique : *adj.* Qui fait une cacophonie, c'est-à-dire une répétition de sons désagréables, discordants. (Ici, rire étrange au son inhabituel.)

cagoulard, arde : *n.* Personne qui se cache le visage avec une cagoule afin de n'être pas reconnue. (Voir Cagoule)

cagoule : *n.f.* Sorte de capuchon fermé, percé à l'endroit des yeux.

cavalier, ère : *adj.* Attitude cavalière : manière d'agir qui manque de politesse, de courtoisie, qui est sans gêne. (Syn. Brusque, insolent, impertinent)

clandestin, ine : *adj.* Qui se fait en cachette. (Syn. Secret)

clochard, arde : *n.* Mendiant, vagabond.

clopiner : *v.intr.* Marcher avec peine, en traînant le pied. (Syn. Boîter)

cobaye : *n.m.* Servir de cobaye : être utilisé comme sujet d'expérience, de démonstration.

collation : *n.f.* Collation des grades : remise des diplômes.

convalescent, ente : *n.* Personne qui se remet d'une maladie, qui reprend des forces.

convoité, e : *adj.* Désiré avec force. (Syn. Ambitionné, envié)

cossu, ue : *adj.* Qui montre de l'aisance matérielle, de la richesse. (Syn. Riche)

décorum : *n.m. sing.* Ensemble de règles et de bonnes manières qu'il convient de suivre pour se comporter avec politesse et respect.

dépité, ée : *adj.* Qui éprouve du dépit, c'est-à-dire du chagrin mêlé de colère par suite d'une déception personnelle. (Syn. Désappointé)

ébouriffé, ée : *adj.* Dont les cheveux sont en désordre. (Syn. échevelé)

ecchymose : *n.f.* Tache (noire, brune, jaunâtre) produite par du sang répandu sous la peau par suite d'une blessure. (Syn. Bleu)

éclabousser : *v.* Couvrir d'un liquide salissant qu'on a fait jaillir accidentellement. (Syn. Arroser)

énergumène : *n.m.* Personne surexcitée comme si elle était possédée du démon.

énigme : *n.f.* Toute chose difficile à comprendre, à expliquer, à connaître. (Syn. Mystère, problème)

enthousiasme communicatif : *expression* Émotion qui pousse à l'action et qui a une influence semblable sur les autres autour de soi.

esclaffer (s') : *v. pron.* Éclater de rire bruyamment. (Syn. Rire, pouffer)

euphorie : *n.f.* Nager dans l'euphorie : être, baigner dans un état de complète satisfaction et de grande joie.

for intérieur (en son) : *expression* Dans la conscience, au fond de soi-même.

foudroyé, ée : *adj.* Comme frappé de la foudre, de l'éclair. (Ici, frappé soudainement par un malaise physique.)

fourre-tout : *n.m.* Se dit d'un sac où l'on met toutes sortes de choses.

gargantuesque : *adj.* Comme Gargantua (personnage de Rabelais), très gros mangeur.

gâterie : *n.f.* Chose que l'on fait ou donne pour faire plaisir, souvent agréable à manger. (Syn. Gentillesse; friandise)

goinfre : *n.m.* Personne qui mange avec excès et salement. (Syn. Glouton)

hantise : *n.f.* Idée, préoccupation constante dont on ne parvient pas à se libérer. (Syn. Obsession)

hétéroclite : *adj.* Composé de parties très différentes les unes des autres. Ici, groupe varié, mélangé de différents genres de personnes.

heure de pointe : *expression* Le moment le plus occupé de la journée.

horticulteur : *n.m.* Horticulteur amateur : celui qui fait la culture des jardins (fleurs, etc.) par passe-temps. (Syn. Jardinier)

immiscer (s') : *v. pron.* Se mêler mal à propos et sans droit.

impeccable : *adj.* Sans défaut, d'une propreté parfaite.

incognito : *adv.* Demeurer incognito : en faisant en sorte qu'on ne soit pas connu, reconnu (dans un lieu).

indice : *n.m.* Signe apparent qui laisse à penser qu'une chose est probable.

insu (à l'insu de) : *loc. prép.* Sans que la chose soit sue (de quelqu'un).

intrusion : *n.f.* Fait de s'introduire sans en avoir le droit.

irréfutable : *adj.* Preuve irréfutable : dont on ne peut dire le contraire, qui ne peut être repoussée.

irruption : *n.f.* Entrée soudaine et violente dans un lieu.

justicier, ière : *n.* Personne qui rend justice, qui fait régner la justice ou l'applique.

laconique : *adj.* Qui s'exprime en peu de mots. (Syn. Bref, concis)

languir d'impatience : *expression* Laisser languir d'impatience : tourmenter quelqu'un en le faisant attendre trop longtemps le moment de lui révéler une chose qu'il veut savoir ou accomplir.

louche : *adj.* Qui n'est pas clair, pas très honnête, suspect.

macabre : *adj.* Qui évoque des images de mort. (Syn. Lugubre)

malencontreusement : *adv.* D'une façon malencontreuse, qui se produit mal à propos, au mauvais moment, par malchance.

méticuleux, euse : *adj.* Qui est très attentif aux détails, parfois exagérément. (Syn. Ordonné, minutieux, scrupuleux)

mine : *n.f.* Mine déconfite : air battu, défait; expression extérieure d'une personne grandement déçue.

mine : *n.f.* Mine réjouie : air content, joyeux.

narquois, oise : *adj.* Qui est à la fois moqueur et malicieux. (Syn. Ironique)

note de service : *expression* Brève communication écrite. (Ici, note de la direction du restaurant adressée aux employés.)

ogre : *n.m.* Réputation d'ogre : le fait d'être reconnu comme un très gros mangeur.

paiement en souffrance : *expression* Paiement dû, en retard.

palmarès : *n.m.* Palmarès américain : liste des meilleures chansons de l'heure à succès.

parasite : *n.m. et adj.* Personne qui ne rapporte rien et vit dans l'oisiveté, aux dépens des autres.

paroxysme : *n.m.* Au plus haut point.

pâté : *n.m.* Pâté de maisons : ensemble de maisons formant bloc, entre deux ou plusieurs rues.

pavaner (se) : *v.pron.* Marcher avec orgueil, se donner l'air important. (Syn. Parader, poser)

pétarade : *n.f.* Suite de détonations, de petites explosions (par exemple bruit que font les camions et les motocyclettes en démarrant).

plexus : *n.m.* Plexus solaire : endroit situé au creux de l'estomac.

prédilection : *n.f.* Préférence marquée (pour quelqu'un ou quelque chose).

quart : *n.m.* Quart de travail : période de travail assignée. (Environ de trois à quatre heures au restaurant Restovite.)

récurage : *n.m.* Action de nettoyer en frottant.

saccager : *v.tr.* Détruire, dévaster.

sempiternel, elle : *adj.* Continuel, qui revient toujours, qui n'a jamais de fin. (Ici, sempiternel flacon : le flacon de boisson alcoolique qu'il traîne toujours avec lui.)

sillage : *n.m.* Trace... à la suite de... Qui suit la trace de quelqu'un.

somnambule : *n. et adj.* Personne qui, dans son sommeil, peut se déplacer ou parler, sans en avoir conscience.

subterfuge : *n.m.* Artifice, ruse (de quelque nature que ce soit).

suprématie : *n.f.* Suprématie amoindrie : supériorité diminuée.

tintamarre : *n.m.* Grand bruit discordant. (Syn. Tapage)

toiser : *v.tr.* Regarder avec défi ou, plus souvent, avec dédain, mépris.

tutelle : *n.f.* Sous la tutelle de : état d'une personne soumise à une surveillance gênante. (Syn. Sous la conduite de, sous la direction de)

verve : *n.f.* Imagination, fantaisie, humour et brio, dans la parole ou l'écrit.

TABLE DES MATIÈRES

Graphisme
composition
en Times corps treize
mise en page
Atelier graphique du Vermillon
Ottawa (Ontario)

Impression et reliure
Imprimerie Beauregard
Ottawa (Ontario)

Achevé d'imprimer
en avril mil neuf cent quatre-vingt-huit
sur les presses de l'imprimerie Beauregard
pour les Éditions du Vermillon

Deuxième tirage
achevé d'imprimer
en juin mil neuf cent quatre-vingt-dix
sur les presses des
Ateliers graphiques Marc Veilleux Inc.
Cap-Saint-Ignace (Québec)

Troisième tirage
achevé d'imprimer
en janvier mil neuf cent quatre-vingt-treize
sur les presses des
Ateliers graphiques Marc Veilleux Inc.

Quatrième tirage
achevé d'imprimer
en août mil neuf cent quatre-vingt-quinze
sur les presses des
Ateliers graphiques Marc Veilleux Inc.

Cinquième tirage
achevé d'imprimer
en novembre deux mille un
sur les presses de
AGMV Marquis Imprimeur
Cap-Saint-Ignace (Québec)
pour les Éditions du Vermillon

ISBN 0-919925-31-6
Imprimé au Canada